赤いモスク

Lal Masjid

督永忠子［著］
日パ・ウェルフェアー・アソシエーション現地責任者

Lal Masjid

合同出版

全能なる神《アッラー》よ、
我々に惜しみない恩寵を与えられますように。
また、ラール・マスジッドで
殉教した二〇〇〇人もの
純なるタリバーン《神学生》の魂には、
さらなる恩寵を。
そして私の小さな試みを、
アッラーよ、嘉したまえ。
アミーン（アーメン）

もくじ　●赤いモスク

登場人物

鈴木丈二……ジョージ。パキスタン旅行の途中で「ラール・マスジッド事件」に遭遇する。
マンガル……パシュトゥーン族。ラヒーム、アシムの従兄。
ラヒーム……マンガルの従弟で力自慢。外国人嫌いだが、ラール・マスジッドから丈二を救出する好漢。
アシム……同じくマンガルの従弟。英語が話せて物静か。
アハマッド……元情報省次官補。いまは「ラール・マスジッド」に近い息子の暮らす官舎に同居している。
カムラン……アハマッドの長男。パキスタン外務省の上級官僚。東京からの飛行機で丈二の隣席だった。
イジャーズ……アハマッドの次男。
オバサン……イスラマバードに暮らす日本人女性。民宿を経営する。
モミン……パキスタン政府の高官、宗教省次官補。アハマッドの友人。
バット大統領……ラール・マスジッド事件当時の大統領。

■本書で描いたラール・マスジッド《赤いモスク》事件は、二〇〇七年七月三日からの八日間、パキスタンの首都イスラマバードで実際にあった出来事である。神学生がラール・マスジッドに立て籠もり警察や治安部隊と衝突し、多数の死傷者が出た。だが、その全貌は伝えられていない。今回はその事件を素材とし、当時のパキスタン世相に基づき小説に仕立てた。なお、作中の人物は大半を仮名とした。

■赤いモスクの周辺地図

正　門
神学校
首都開発公社
59 通り
官僚官舎地区
58 通り
アハマッドが暮らす官舎
57 通り
56 通り
55 通り
54 通り
川
ラール・マスジッド
（赤いモスク）
野外大バザール
川
52 通り
バス大通り
ユースホステル
川
100m

■赤いモスクの見取り図

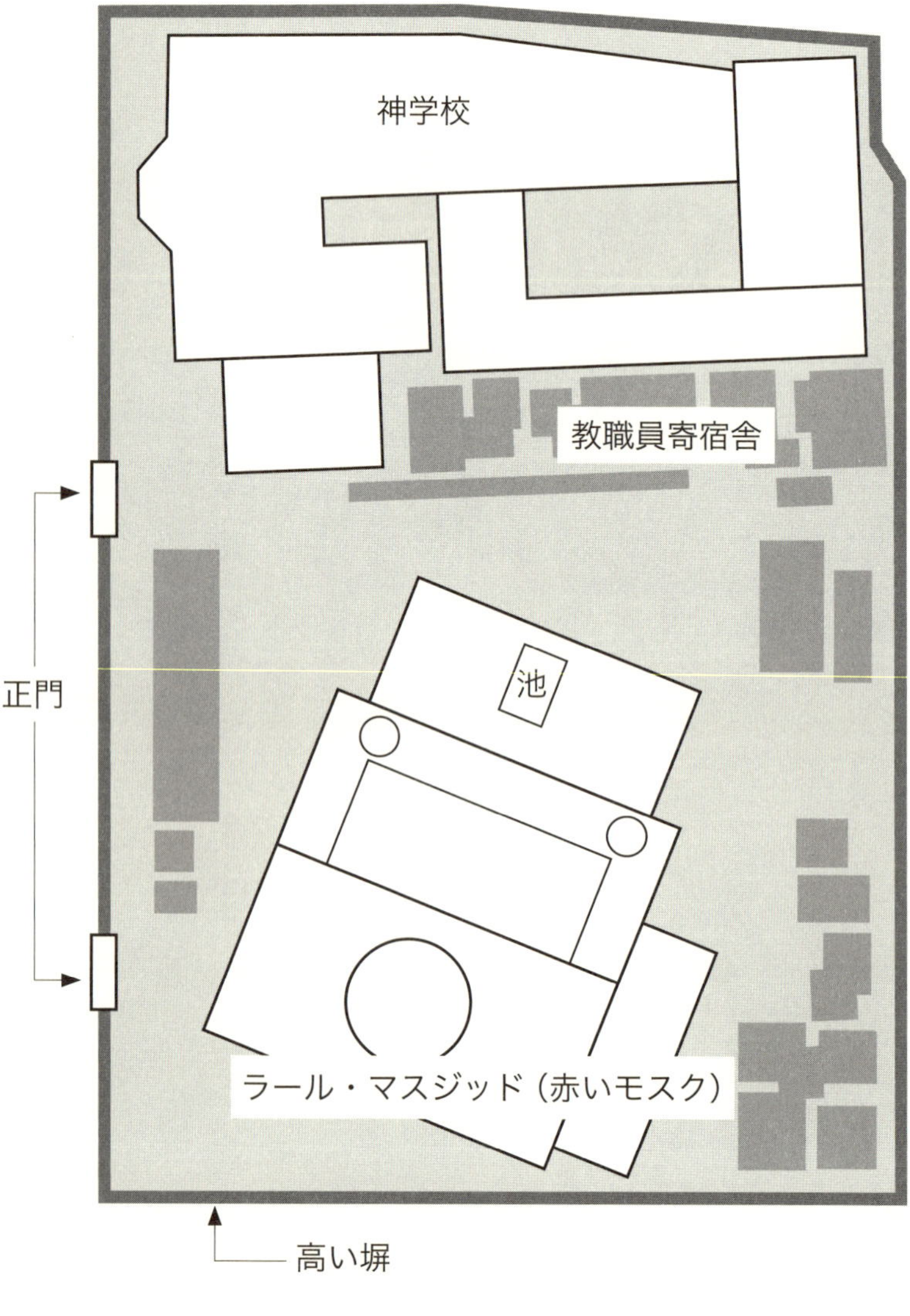

■パキスタン、イスラマバードへ

成田から機内に乗り込んだ途端、時間の密度が「変わった」と丈二は感じた。はじめて利用するパキスタン航空だ。機内にはスパイスの香りと強い体臭が染み付いている。丈二は窓側の席に腰を落としてシートベルトを締めた。隣はパキスタン人だったが中国人の乗客も多い。座席は七割方が埋まった。

軽いエンジンの振動と共に、機内には悠揚迫らざる音楽のような、朗々たる「旅の安全を神に祈る朗誦」が流れ、日本を脱出出来る喜びが丈二を突き上げた。もっとも、周りの雰囲気で神に祈っていると思っただけで、一言も聞き取れなかった。パキスタン人らしい乗客たちは、水でも受けるように胸の前に両手を揃え、背中を丸めている。目をつぶり、朗誦を一身に浴びて身体を揺らせている人もいる。

心に染み入るような朗誦には、人を安堵させるものがあるらしい。長い朗誦が終わると、丈二でさえ自然に深く息を吐いてしまったのが、不思議だった。

日本は午後の三時、パキスタン現地時間が午前一一時と機内放送が告げた。日本より西にあるから、日の出が四時間遅いのだな、と当たり前のことを思って時計を四時間戻すと、もう日本を遠く離れた気分になった。

パキスタン行きの旅客機は、梅雨の厚い雲に覆われた成田を離陸すると、すぐに機首を西へ向けた。日本海を越えて北京までは正味三時間半のフライトだ。北京空港では機内に留まったまま二時間近くも待機をするというが、北京からは六時間半でイスラマバードの空港に着陸する。現地が午前一一時なら、時差を勘案してイスラマバードの到着は夜一一時頃かと、見当をつけた。

「鈴木丈二」

パスポートに記載されたフルネームだ。日本ではありふれた鈴木姓だが、途上国においてSUZUKIはブランドだ。途上国の庶民にとって、スズキの軽トラは乗り合い小型バスなどに仕立て直され、欠かせない移動手段になっている。どこの国にもSUZUKIの合弁会社があって、「スズキ？おお、お前はスズキ・ファミリーなのか！」と、たちどころに名前を覚えてもらえ、「お茶でもどうだい。ご馳走するヨ、俺とお前はいまから友だちだぞ！」と寄ってくる。中には「友だち」になったら、何でも要求を聞いてもらえると勘違いする厚かましい輩もいる。インドでは「日本行きのビザの保証人になってくれ」という人間が多かった。丈二は、雰囲気を察したら相手の先回りをし、「日本政府は、学生の保証人ではビザを出さないんだ」と、きっぱり言うようにしていた。

パキスタン航空機は、一片の雲もない空を真西、太陽に向かって飛び続ける。黄緑と黄土色がモザイク模様に混ざり合った中国の大地が眼下に広がりはじめると、あっけなく北京空港へ到着した。そして里帰りの中国人が降り、中国観光の日本人もいなくなると、一〇人近い中国人スタッフがゴミ袋や箒を片手に機内へ入ってきた。掃除のスタッフたちはパキスタンまでの客が機内に居ることには頓着なく、雑で無作法な掃除を終えた。そして海外へ出稼ぎに行くらしい中国人が、押し合いぶつかり合いながら乗り込んできた。

北京からの出発は現地時間の午後六時、パキスタン航空機は再び、一片の雲もない空を太陽に向かって飛び続ける。ようやく水平になった夕陽が目を刺し、一時間以上も地平線の少し上で雲を紅く燃やしていたが、ついに大地の果てに陽が落ちた。途端に蒼かった空が瞬時に暗黒色になった。

暗闇が覆う大地に時折り、町の明かりらしい灯が見え隠れする。灯火が見えなくなると、大きな山塊が現れ、谷間を流れる大河に少し欠けた月の光が反射して白く浮かび上がっていた。

ひたすら窓の下を見続ける日本人の若者に、隣の席のパキスタン人があきれたように、日本語と英語を混ぜて話しかけてきた。

「パキスタンは、はじめてですか？」

「は、はい。はじめてです」

「いま、下に見えているのは崑崙山脈ですが、すぐにカラコルムの山塊です。月の光が氷河に反射しているでしょう。今夜は満月を過ぎたばかりなので、氷河がよく光って見えますね」

月光に照らされ、鈍色に光っている大河が氷河だと教えられ、丈二は改めて目を凝らした。氷河が光って見えるとは思いも付かなかった。

隣席のハンサムなパキスタン人は、在日パキスタン大使館で一〇カ月間の研修を受け、帰国するところだと自己紹介し、パキスタンのことをいろいろと教えてくれた。政府の役人で、それもかなりのエリート層の出身であることが感じられた。

「東京ではたくさんの日本人に親切にしてもらい、日本が好きになりました。イスラマバードへ来たら私の家にも寄ってください」と、ハンサムな人は手帳を破り住所を書いて丈二に渡した。

「座席ベルトを締めろ」の表示が灯り、揺れるという機長からのアナウンスが終わるとすぐ、機体が激しく揉まれた。

ユーラシア大陸とインド亜大陸がぶつかる地点では、両大陸からの気流がぶつかり合い、九〇〇〇メートルの上空でも、乱気流が発生する。一時間近くも揺れた機体は、大陸の分水嶺を南へ越えてしまうと落ち着き、高度を徐々に下げはじめた。

イスラマバードまで後五〇分の表示がされる辺りで、ナンガパルバット八〇〇〇メートル峰が左手のどこかに見えるはずだと、丈二は母親から聞かされていた。山の地形が読める者なら見つけられるのだろうが、巨大な山塊が連なって見えているだけだ。丈二にはナンガパルバットを見つけることは出来なかった。

香水と体臭の混ざった匂いをまき散らしながら、「イスラマバード？　カラチ？」と言いながら、太ったスチュワーデスが乗客に入国カードを配り出した。

イスラマバードは小さな空港で、人間も比較的穏やかだが、アラビア海に面した港町のカラチ空港は、インドの下町並みの警戒と緊張が必要だと聞かされた。なにせタクシーも客引きも、値段をふっかけてくるだけではなく、強盗に早変わりするのもいるらしい。

「イスラマバード空港に降りるのを選んだのは正しい」とバックパッカー仲間に言われた。イスラマバードの空港でも、山賊のように見える髭面運転手たちが時には客を取り囲む。力ずくで荷物を奪い合い、荷物だけを乗せたタクシーでどこかへ行ってしまうこともあると言われている。

■空港には三人の同乗者がいた

空港には深夜一〇時過ぎに到着した。

薄暗い入国カウンターでの手続きはゆっくりと進むが、それでも列は徐々に短くなった。入国審査係官は面倒くさそうに入国者の顔をパスポートの写真と照合している。丈二の番になると顔を二度も上下させ、やっとスタンプを押した。パスポートの写真は長髪、いまは坊主頭だから仕方がない。パスポートは無造作に放り投げて返された。イスラーム教徒は手渡しをいやがると聞いてはいたが、疲れた体内に微かな不快感がこみ上げた。

入国カウンターに我先に走ったパキスタン人たちも、結局は機内預けの荷物を暗い蛍光灯の下で長時間待つことになる。ガイドブックを手に周囲を見回していると、同じフライトに乗り合わせていた日本人のバックパッカーと目が合った。

そのバックパッカーが軽く頭を下げ、親しげに声をかけてきた。腹が出ていない体つきとジーンズ姿から、同じくらいの年齢かと思ったが、ポケットがいくつも付いたメッシュのベストはすっかり年季が入り、白髪がまばらに混ざり、目元にはやさしいシワが刻まれている。丈二より二〇歳は年上の感じがした。

「こんばんは！　ホテルは決まっているの？」

「行き当たりバッタリで……。どこにしようかと考えていたところです」

「じゃぁ、一緒にどうですか？　ガイドブックにも載っている日本人バックパッカーには知られた安いホテルだけれど……」

森田と名乗った男は、まったく警戒心を抱かせなかった。

同行者を得て、今夜の宿もメドが付き丈二はホッとした。森田と丈二の話が聞こえたらしく、縦横デカイ、体重も丈二の倍はありそうな背広姿の男が、メガネを光らせて、二人の方に顔を向けてきた。

「君たちはラワルピンディのポピュラー・インへでも行く気ですか？　あそこはよい噂を聞きません。変なことに巻き込まれないよう気をつけてくださいよ。パキスタンは治安もよくはありませんからね」と、丈二と森田を等分に見ながら、堅い顔で忠告した。

小柄な若者が、不安そうに預け荷物を待っているのを危ぶんで見ていたのかもしれない。たしかに腰に巻きつけた重そうなポーチを身体の前でしっかり抱えた、小柄で弱々しく見える日本人の若者は格好のカモになりそうだ。

森田はさりげなく、背広の忠告男に会釈して、軽く受け流した。その流儀はいかにも旅慣れているようだった。

自分のザックをカートに乗せながら、丈二に向かって改めて自己紹介をした。

「カメラマンの森田です。パキスタンからアジア・ハイウェーを通ってカーブルへ行く予定です。君は？」

「鈴木丈二です。以前にインドまで来て、パキスタンにまでは足が延ばせず、すごく残念だったので……。俺も写真には興味があります。でも、自分が見たように、感じたようには写らない難しいものですね。あ、すみません、プロの方に……」

「いやいや、私だって一〇〇枚撮って納得のいくものは一枚くらいしかありませんよ」

「数を撃てば当たるということですか……」

「あはは、数撃ちゃ当たる、というのとは少し違いますが、若いうちには何でもやってみることですね。まだまだ勉強をする時間もあるでしょうし」

森田はメガネの奥で目をさらに和らげ、目元のシワが人柄のよさを強調していた。撮影旅行は経費節減に心がけ、空港ではかならず誰かに声をかけ、ホテルまでのタクシー代も節約しているのだと、森田はあけっぴろげに話した。

「さっきの人は日本大使館の人なんでしょうね?」

縦横デカイ忠告男の段ボール箱には、英語で「日本大使館行き」の表示があった。

「そのようですね。大使館員や駐在員の人は、長年、現地にいても聞いた話を鵜呑みにする傾向があります。何でも自分の目で確かめるのが肝心です。まずはホテルへ行きましょう。そこが満杯でも、近くには何軒もの安宿があります。心配はありません」と、森田はマイペースで恬淡としている。

やっとターンテーブルに載って荷物が出てきた。三つ四つと大荷物をカートに積み込んでいるのは、日本の出稼ぎから帰国したパキスタン人たちだ。荷物の中には洗濯機まである。北京から乗り込んできたパキスタン人の荷物は薄っぺらな安段ボール箱が多く、中身は布団や毛布が大半だ。

イスラマバードの小さな空港ビルは大勢の送迎人であふれ、歓声や体臭でむせ返っていた。

機内で隣り合ったハンサムなパキスタン人は、大勢の家族から出迎えを受け、満面の笑みを振りまいていた。空港から出て行く直前に、丈二に向かって軽く手を振り、また会おうというサインを送ってきた。

この縦横デカイ背広姿の大使館員と、パキスタンのエリート青年官僚には、一カ月も経たない内に再会することになる。そしてパキスタンの旅が劇的な結末を迎えることも、丈二にはまったく予想も出来ないことだった。

六月初旬のパキスタンは、一年で一番暑い時期を迎え、サウナ室並みだ。エアコンのないタクシーは窓から「熱い」風を車内に取り込みながら走る。

空港広場にある検問所を通過し、右折して大通りへ出る。大きなガソリンスタンドのネオンが後ろへ流れてしまうと、ぼんやり灯っている街灯がまばらに立っているだけだ。大通りから左へ入るとさらに暗い道になり、簡易舗装で車が前後左右に踊り揺れる。

薄暗い露店とノロノロ動く人がいる小さなバザールをいくつか抜けた。動く人が少しずつ多くなってきたと思ったら光があふれる三差路だ。

「長距離バスの発着所も、この三差路のすぐ近くで、この大通りを渡ったところが宿です」
「この暗い道を一人でタクシーに乗って来るのは怖いですねぇ。身ぐるみを剥がれそうです」
「確かに。暗闇の中では運転手が強盗に早替わりをするのではないかと、不安ですね」
「なんでこんなに暗いのですか？」

「田舎へ行けばもっと電灯は少ないですよ。この国の電気代はとても高いと聞いています。夜の一人歩きは絶対に控えるべきでしょう。

私は明日の午後、ペシャワールへ移動しますが、君が一人の時は、イスラマバードのユースホステルが安全かもしれませんよ。スタッフも親切ですからね。それと、もう一つのお奨めは日本人のオバサンが開いている民宿。彼女はパキスタンやアフガンのことをよく知っていましてね、私たちも取材のアドバイスを時にはもらいます」

「ガイドブックに載っていました。日本の本もいっぱいあるし、日本食も食べられると……」

「そうそう、気に入った客には美味しい家庭料理を出してくれますが、へそ曲がりで気難しいオバサンです」

三差路では警察官たちが熱気と排ガスに酔って疲れたのか、ぼんやり立っているだけだ。口元を覆っているマスクは排ガスで汚れ、色変わりをしているのが、ヘッドライトに照らされる。

深夜だというのに車が怒涛のように流れて途切れず、信号もなかなか変わらない。その途切れずに流れる車のわずかな間を人びとがひょいひょい渡っていく。

大きな三差路の信号で停まったままのタクシーの中には熱気がこもり、重く濃い排気ガスが忍び込んできた。居眠りが出そうなくらいに延々と待たされた信号もついに青に変わり、大通りを渡って直ぐに右へ一本の裏道に入った。街灯もない薄暗い通りだ。

深夜、屋台の青白いアセチレンランプの灯る横で、何かを貪るように立ち食いしている男たち。軒下には薄い布を被って、くの字で寝ている男たち。ランプの明かりが届かない暗闇では何者かがうごめいている気配もする。

■バックパッカー御用達ホテル

古い建物の狭い階段を、丈二は重いウエストバッグを腹に抱え、異臭に鼻をひくひくさせながらよろめき上がった。二階にあるホテルの受付にはエアコンもなく、外より気温が確実に高い。汗がさらに吹き出した。

森田は受付にいる親父へ手を上げ「アッサラーム！」と声をかけ、また来たよ！　とばかりに、明るく物慣れた様子で笑いかけた。濃い無精髭を生やし、黄ばんだ肌着のような薄いシャツ姿の親父が目玉をグリグリさせながら、「ハァロゥー　ウエルカム！　ウエルカム、モリタ・サーブ」と応じた。

丈二を一瞥すると、「ウチはジャパニィに人気があるンだよ！」と、柄にもない愛想を英語で言ってウィンクまでした。

カウンターの背後に取り付けた薄汚れた木枠には三〇本ばかりのルーム・キーがぶら下がっていた。連日の暑さで疲れ切っているらしい親父は雑な動作で、角の擦り切れたぶ厚い宿泊帳をドサリとカウンターへ投げ出した。

丈二は宿帳を書き終わるとパスポートを親父に預け、森田の後について部屋に入った。実家を出てから夜行バスで成田空港へ。そしてイスラマバードのこの安宿まで、延々三二時間の行程だった。

翌朝は六時に目が覚めた。日本時間ではすでに一〇時だ。昨夜は部屋に入るなりシャワーも使わず、熱気のこもったベッドへ倒れ込んだ。森田がいる安心感で七時間もの熟睡が出来たが、汗まみれになって目が覚めた。薄灰色の敷布には、汗ジミが出来ていた。

埃まみれの色褪せたカーテンの隙間から、鋭い光が一条の矢になって射しこんでいる。カーペットは、ドアからベッドへ、ベッドからトイレへの通路が擦り切れ、ところどころコンクリートが露出していた。椅子も背もたれ部分の籐が破け、塗りが剥げた机の上には、手指の痕がいっぱい残っている水差しとガラスのコップが一個。灰がこびりついたままのアルミの灰皿と使いかけの短いローソクが一本。二人部屋で一泊素泊まり二〇〇ルピー(四〇〇円)、エアコンなしの部屋ならこんなものかと、いままでの安い海外旅行を思い出し、丈二は妙に納得した。

隣のベッドでは森田も目を覚ました。いつの間にか部屋の中には濃いスパイスの香りが漂っていた。一晩を一緒に過ごし、森田への遠慮が少し解けた丈二は、砕けた口調で町に出て朝飯を食べにいくことを提案した。

安ホテル特有の狭くて急なレンガの階段は、長年にわたって踏まれ真ん中が磨り減っている。年季の入ったホテルの外壁は掃除もしたことがないように、土埃がそこかしこに積もっていた。道路わきの溝では汚水が淀んでいる。

ホテル前のデコボコな簡易舗装路には、傾き加減の小さな屋台が十数軒並んでいた。日用雑貨の屋台、タバコを売る屋台、スイカやメロンを売る屋台、「砂蒸しトウモロコシ屋」などという屋台もあった。

首から小さな木箱を吊り下げ、タバコを売っている少年もいる。二〇箱ばかりを木箱の中に並べ、箱の隅には缶に入れたバラ売りタバコもあった。タバコを売っていて「乞食ではない」という気迫が感じられる少年から、丈二はモールベンというタバコを買った。

大きな竈を五つも設えたチャイハナ《茶店》が店を張っている。深さ六〇センチもある大釜の口までガスの火が這い登っている。中くらいの竈三つでは薪を燃やしていて、薪の煙が周辺に漂っている。昔は大竈でも薪を燃やしていたに違いない。大竈の周りも天井も煤で真っ黒だ。天井の梁からは太い紐が垂れ下がり、何年も使われてきたらしい太く縒った紐は、握りの部分も真っ黒で油光がし、鋼鉄の棒のようにも見える。

茶店の親父は左手で紐の結び目の上をしっかり握り、身体を竈の前にウンとせり出して鍋の中を覗いている。右手に持った柄の長い杓で大鍋の中から熱湯を小鍋へ移し、ときどき紅茶の葉を投げ込みミルクを足して、次々と来る注文に応じているのは、曲芸を見るようだ。

二人はチャイ《ミルクティ》を注文した。

「うへ～甘い。甘過ぎて拷問です。なんだって、こんなに甘くするンですかねぇ、俺たちとは味覚が違うのかなぁ？」

チャイを飲み干すと、底にはごっそり砂糖が残っている。

「お湯を注ぎ足して飲んでいる人もいますから、サービスのつもりなンでしょうかねぇ。砂糖ナシって注文しないと、これが来ますよ、どこのチャイハナ《茶店》でも」と、言いながら森田は悠然と甘いチャイを楽しんでいる。

「でもね、心身が疲れている時などには、この甘さが恋しくなるんですよ。そのうちに丈二君にもわかりますよ」

色も柄もわからないほど汚れた布を持った少年店員が、一つ隣のテーブルを拭くふりをしながら森田と丈二を瞬きもせずに見ている。どのテーブルも油が染み込んで鈍光を宿し、たくさんの蠅がたかっているが、追い払う者はほとんどいない。

労働者風の男たちが、プラタ（小麦の粗挽き粉を水で練って平たく伸ばし、厚い油をひいて焼いた物）とチャイで朝飯をとっている。暑い時には熱いチャイが一番なのかもしれない。黄色のドロリとしたスープ状の豆料理を食べている者もいる。

水差しの水を手のひらで受け、床がびしょびしょに濡れるのも構わず、油でベタベタの手を洗い、チャドル《大判のショール》で手を拭いている者もいる。手に付いた油を大切そうに髪の毛になすりつけている男もいる。チャドルと呼ばれる大きな布、このクソ暑いのになぜショールを持っているのか不明だが、全員が持っているところを見ると男の必需品なのだろう。

　足元の濡れた床に猫がのっそりとやって来て蹲《うずくま》った。イスラーム教ではブタほどではないが、犬は不浄だとか言って直ぐに石を投げて追い払うが、「預言者ムハンマッドが猫好きだったとかで、猫は追い払わないようですねぇ」、どこの茶店でも猫は見かけると、森田が説明した。

「それにしても視線、無遠慮ですねぇ……。俺たちは、そんなに珍しいのですか？」横目で丈二たちを物珍しそうに見ている者もいるし、目を逸らそうともせず、粘るような目で舐め回すように見つめている男もいる。

　丈二が睨み返していると、「睨み返すと、気でもあるのかと勘違いする男がいますよ。貧しくてなかなか結婚も出来ないと言います、ホモも多いと聞きます、寄ってきたら大変だから相手にしなさんな。イスラマバードの人は外国人慣れをしていますが、こんな下町に入り込む外国人は少ないのでしょう。田舎へ行けば、もっとジロジロと見られますよ」

　視線がねばっこく、嫌悪感を覚えても、相手は珍しがっているだけで、とにかく睨み返すことはダメだ。無視するのが一番、と森田は笑った。

■アフガンとの国境の町ペシャワールへ

今日の午後にはペシャワール行きのバスに乗り、三日後にはアフガンに入国する予定だと、森田は言う。

「ペシャワールは、まさしく中央アジア的でねぇ」と、森田が優しい目を細めて言い添えた。「中央アジア」という言葉の響きに丈二もロマンを感じた。ヨーロッパやアメリカには、金と暇さえあればいつでも行けるが、中央アジアは遠くて未知なる国。特にペシャワールは中世から花の都と言われてきた中央アジアの都の一つだ。

これからの予定を聞かれた丈二は、「山好きのオフクロに頼まれたナンガパルバットを見てくるという、予定らしきものはあるんですが……。秋までに行けばよいので……。もしも、お邪魔でなければ二、三日ご一緒させてもらえませんか?」と、関西人のダメモト精神を発揮して、ペシャワールへの同行を厚かましく頼んだ。

「ああ、いいですよ。撮影は一人で動く方がよい時もありますが、場所によっては二人の方が安全だし、経済的にも互いにロスが少ないですからね」と、森田は快諾してくれた。

こうした予定にないことが、バックパッカーの醍醐味だ。予定通りの旅なんて、高い金を払って団体ツアーの客になるか、テレビの画面で見てりゃあいいンだと、丈二は口の中でつぶやいた。

午後一時、気温四二度という暑さ。呼吸困難になりそうな熱気の時間帯。道路には盛大な陽炎が揺らいでいる。

「どこの国でも、その国の最も過酷な時期を体験することで、より深く理解出来ると信じているんですがね。まだパキスタンへ来たばかりで、暑さに身体が馴染んでいません。ペシャワールまでの三時間は冷房車で行きましょう」

森田は暑さの中で笑いながら、バス案内所で冷房車を二席分予約した。

バスは、ところどころ舗装の剥げた埃っぽいアジア・ハイウェーを真西へ向かって疾走した。イスラマバードから四〇キロメートルの地点、小さな丘にある切通しを抜ける時、「地勢区分では、この峠を越えると中央アジアに入るのです」と、森田は言った。

アジア・ハイウェーをこのまま西へ西へひたすら走ると、アフガンを通り越し、イランを越え、さらにトルコのイスタンブールを通過してローマに到着する。アジア大陸を横断してヨーロッパに至り、スペインの先から大西洋を渡るとアメリカ大陸へ到達する。そう思うと地球は大きいようで小さい。

森田のペシャワールでの撮影取材は、アフガン人が集まる下町のバザールに集中した。

「アッサラーム・ア・レイコム！」《神のご加護があなたの上にありますように！》と、現地の誰にでも気軽に声をかけ、殴りつけるような強い陽射しの下で暑さにもめげず、精力的に写真を撮っている。

「まずは居合わせた人たちに、敵対していない人間だとわかってもらうためにも、かならず明るく挨拶をしたまえ。黙って撮るのは失礼きわまりないンですよ。丈二君、絶対にこのルールは守りたまえ」と、森田は言った。

「アッサラーム・ア・レイコム」

パキスタン航空機に乗った時から何度も耳にしてきた言葉を、丈二は口の中で小さく何回もつぶやいた。イスラーム諸国では、この挨拶一つで友好関係が築けるという「魔法の言葉」だ。

鋭い陽差し、乾燥した空気の中で暮らしているせいか、年配者の顔には日本人には見られない深いシワが刻まれている。古びたパグリィ《ターバン》を頭に大きく巻きつけ、力強い眼で瞬きもせずに丈二を見つめる精悍な男たち。素足にサンダル履き、土で汚れひび割れた大きな踵。踵すら被写体として充分な魅力を備えている。

撮影の合間に森田が、丈二に話しかける。

「このバザールにいる何人もが、いまも反米・反政府武装勢力のメンバーとして戦っている。この現実をどう考えたらいいのかですよ。九・一一同時多発テロ以降、今回が二回目のアフガン取材ですが、どう考えてもアメリカの言い分には納得のいかない面がありましてねぇ……」

「九・一一同時多発テロで飛行機がツインタワーに突っ込んだ時は驚きました。アメリカがテロ組織とは断固、戦うって叫んだのを、俺は当然だと思いました」と、丈二は応じた。

「ツインタワーに二機が突っ込んだのは事実ですがね。あれにはアメリカ政府の自作自演という話が早い段階から出ていました。おまけに首謀者だとされるオサマ・ビン・ラディンに関しては、FBIから正式に『事件とは直接関係が認められない』とする報告書も出ているのですよ。もっとも英語版ですがね。いずれも知りたいと思えば、ネットで検索すれば直ぐに出てきますよ」

「インドで知り合ったバックパッカーたちも、九・一一のことを言っていました。いくつもの疑惑を教えられ、それから九・一一に対する見方が少し変わりました。欧米日ではブッシュの言い分だけが一人歩きをしているなあって感じています」

「アフガンやパキスタンへ来るとわかりますが、真犯人もわかっていない段階から『犯人が匿われているからアフガンを空爆』というのはおかしい。日本の報道も真実の追求をせず、アメリカに追随しているだけじゃないかと思いましてねぇ」

「早くに亡くなった曽祖父《そうそふ》は、敗戦後すぐに関西地方で日刊新聞の発行をしていたと母から聞きました。曽祖父はいつも周囲に政府発表を鵜呑みにするな、大新聞や政府の報道を鵜呑みにするなと言い続けていたらしいのです」

「大おじいさんは進歩的でしたねぇ。そういう視点でマスコミ報道を見る人が少しずつ増えているとは言え、日本ではまだまだ少数ですからね。

昔もいまも大本営（政府）発表を鵜呑みにしてはいけない。しかし日本には記者クラブという制度がありましてね、これがしばしば真実を真実として知らしめない弊害になっていましてねぇ。記者クラブに所属している記者たちにもわかっているはずですがね……」

森田は、少し遠い目をして日本社会の構造を見つめているようだった。

「とにかく九・一一以降パキスタンやアフガンへ来てみて、タリバーンが一方的に悪いとは思えないのですよ。だからバザールで知り合った人たちから話を聞き、出来るだけ現地的な視点で物を見てみようと、思っています」

「ビン・ラディンが首謀者ではないなら、アメリカはなぜアフガンと、パキスタンの国境地帯を執拗に攻撃するのでしょうね」と、丈二は単純な問いを投げかけた。

「問題はそこなンですよ。アメリカの言動には、かならず自国の利益が絡んでいますから、そこを解明していくのが本筋と思います。アルカイダは確かにテロ組織ですが、それもアメリカ自身が生みだしたものだと言われています。タリバーンという言葉も、神学生の複数形、あるいはイスラーム神学を学ぶ者たちという意味で、本来はテロとは無関係の代物です。そこのところを日本の報道では、タリバーンとアルカイダの意味の違いも深く考えずに同列扱いです」

「俺もタリバーンをテロ組織と思っていましたが、違うのですか？」

「確かにタリバーンの中には武装闘争をする狂信的な者たちもいますが、こんなふうに考えてみたらどうでしょう。昔、日本でも学生運動が激しかった頃、大学でゲバ棒を振り回していた者が大勢いました。だからと言って大学生のすべてが学生運動をし、過激だったわけではありません」

「それって、すごくわかりやすい例ですね」

「丈二君は若いし感受性も悪くはない。英語も堪能だ。現地に親しい人をつくって、彼らの声に耳を傾ける機会を得なさい。旅がまったく違ったものになります。若いのだからウンと貪欲になりなさい」

話しながら自分で「うん、うん」というふうに頷く真摯な森田に、カメラマンもシャッターを押すだけではダメなンだと、丈二は改めて感じた。

「どんなに弱い者でも、長い間、虐められ続けてきたら、仕返しをしたいと考えますよ。テロはけっして許される行為ではありませんが、反米、反政府武装勢力になる彼らには、彼らなりの正義や理由があるのです。早い話が強権力に対する抵抗運動なんですよ。

途上国家だ、弱小国家だといっても、そこに生きる人びと自体が人間として劣っているわけではないのですしね」

大国が自国の利益のために仕掛ける途上国への謀略は、一〇〇年、二〇〇年もの昔から何ら変わっていないとも、森田は繰り返した。平和は自然体としてあるものではない。皆が相互に理解をし合い、努力をしないと構築出来ないのだという、森田の指摘や視点の一つ一つが丈二には新鮮で、貴重なものだった。

丈二は森田の話に耳をかたむけながら、町角に目を向けた。バザールでは何人もの指輪売りが地面に座り込み、小さな傘で日除けをしながら木箱の中に指輪を並べている。バザールを行き交う男たちは舞い上がる土埃にまみれているが、みんな堂々と胸を張って歩いている。そして、どの男たちも節くれだった指に大きな指輪をはめている。指輪の台は見るからに安物だが、石だけは立派なものだ。

丈二は、炎天下で真っ黒に日焼けした老商人から、ペシャワールへ来た記念にと、青藍色の石のはまった指輪を買った。石はラピス・ラズリィ《瑠璃石》でアフガンが原産地。アフガンの澄んだ空はあくまで青く、ラピス・ラズリィ色だと言われる。「天空の破片」と呼ばれる青藍色のこの石には、金色が星のように混じってもいる。

日本であふれている「幸運の石」の広告に影響され、石の持つ霊力で旅行の安全を確保したような気分に丈二はなっていた。そもそも、森田と知り合えたこと自体が幸運だった。

■女が一人も歩いていないイスラーム世界

三日間一緒にいた森田と別れた朝、丈二は青紫色の排気ガスをまき散らすオート・リキシャに乗り、ガイドブックを手に旧市街にある安宿地区を目指した。運転席では胡坐をかいて汚い足裏を客に見せた運転手が、車と車のわずかな隙間を水すましのように走り抜けてみせた。

オート・リキシャが丈二を降ろした安宿街は、埃まみれの建物が立ち並び、真ん中の磨り減った狭くて薄暗い階段、長年踏まれて擦り切れたカーペット、背もたれの破けた籐椅子……。なにもかもがラワルピンディの安ホテルと似通っていた。

オート・リキシャや古いモーリス型のタクシー、馬車も行き交う騒音に満ちたペシャワールの街角。いかにもバックパッカーに似つかわしいと、丈二は満足した。

安宿からは、有名なキッサハニ・バザール《大道芸人のバザール》も近かった。バザールを抜けて北に向かうと、入れ歯の大看板ばかりが掲げられた不思議な街並みへと出た。それを抜けると次は金物が店頭にあふれ、軒や庇にも大小さまざまな金物をぶら下げている通りに出た。陽射しを受けた銅や真鍮製の大鍋が眩い光を反射する。その先は、カバン屋の通りだった。ペシャワールの町では業種ごとにバザールを形成していた。

日本人にそっくりな顔をしたモンゴル系アフガン人が頭に巻きつけているパグリィ《ターバン》は、ひときわ大きい。見るからに白人的な容貌の人間もいる。南部パキスタンから掃除などの下働きに来ているのか、肌が黒い小柄な男たちの多くは掃除道具を持っている。たしかにペシャワールは東西南北の交流地点だ。

しかし、女性は一人として歩いていない。イスラーム世界にいることを改めて実感する瞬間だ。

リキシャやタクシーからの排気ガス、馬糞が乾いて土埃と共に舞い上がるのには閉口するが、一〇メートルおきに大きな布で日陰を作り、道路脇に床机を並べただけのチャイハナ《茶店》の異国的な明るい雰囲気は好もしい。だが、そこにも一人の女性客も女性の従業員もいない。いつも男たちが大勢たむろして、チャイを飲む丈二の一挙手一投足を見つめていた。

午前中でも気温は四〇度を超え、茶は飲んでも、飲んでも汗にはならない。顔も腕も細かな塩の結晶でザラついている。ドライヤーから吹き出すような乾燥「熱風」に、「負けるものか！」と、気張っていないと気を失いそうだ。この暑さの中では勤勉に働く人間の方が奇特なのだ。熱帯の人間は怠け者ではない、働けば命が脅かされる暑さなのだと丈二は納得した。

■パシュトゥーン族の好漢マンガル

「ジャパニィ？　コニチワァ〜」

舌足らずな日本語で、丈二の前に立った男が、スィと右手を伸ばし握手を求めてきた。丈二は反射的に右手を伸ばした。馴れ馴れしい奴だと思いながらも、相手の人懐っこさに「アッサラーム・ア・レイコム！」と、挨拶を返した。

「ジャパニィ？　チナィ？」

「ジャパニーズ！」

「そぅだと思った。ほぅら、みろよ、俺の言った通りだろぅ」

男は周りに座っている何人かを見回し、自分の予想が当たってうれしくてたまらないらしく、高い鼻梁をうごめかした。若いのに鼻下に濃い髭を生やし、白い肌と黒い髪。中肉中背で精悍な顔つきだが、知的で愛嬌のある丸い目をしている。

男は馴れ馴れしく丈二の隣へ腰をおろし、身体を丈二に寄せ媚びるように、今度は達者な英語で話しかけてきた。「中国人は態度がデカイ、そしてガメツイだけだ。アフガンでは鼻つまみものさ。ジャパニィの評判はよいけれどね。なにしろロシアを負かした国だもの」

ロシアを負かした？　いったいいつの、どこの話だ？　丈二には一〇〇年以上も前の、日露戦争が直ぐには思い当たらなかった。

「相手を疑い用心ばかりしていては現地の人びとを知る機会が減ります。でも、向こうから気安く寄ってくる、馴れ馴れしい人間には注意をしなさい」とも、森田には忠告されていたが、この男の笑顔と人懐っこさはどうだ。どう応答するべきかと、丈二は一瞬、考えてしまった。

「ペシャワールはおもしろいかい？　毎日、何をしているンだい？」

「うん、飽きるまで町をブラブラしようと思ってね。おもしろそうな町だもん」

丈二が答えれば、待っていましたとばかりに男は、

「おぅ～　おもしろいともさ！　それではペシャワールには何日までいるンだい？」と、間髪を入れずに問い返してきた。

「予定はないよ。まだ来て四日目だし、飽きるまでいるよ」

「学生なのかい？　いい身分だなァ」

「うん、まぁな……」

小柄で髭もなく、その上、丸坊主の丈二は、学生にしか見えない。丈二自身も「学生＝半人前」という身分の便利さを旅行では利用している。

「ここを道なりに左へ左へと歩いて行けばオールド・バザールの真ん中に出る。広場に大きな記念塔が立っている。知っているかい。あの近くに俺の店があるンだよ。暇なら来てくれよ。なんならこれからどうだい？」

森田の撮影を後ろから見ていただけの三日間では、旧市街の一部と、新市街の中心部を偵察しただけだ。

「何を売っている店なンだい？」

「俺の店はアフガンから運んできたラピス・ラズリィの原石とか、いろいろな貴石や骨董品などを扱っている」

そして、「どうだ！　見ろよ！」とばかりに男は、左手の甲をグイッと丈二の目の前へ突き出した。

見ると左手の中指には、ラピス・ラズリィの青藍色に、細かな金色が星のように散った見事な指輪がはまっている。思わず引き込まれて目を近づけて見たくなるような逸品だ。

男は丈二の指にもある指輪に目をやり、「ほぅ、お前もラピスの指輪をはめているのか！　バイ（兄弟）」と、肩を抱いて顔を寄せ、馴れ馴れしさがさらに増した。

「ラピス・ラズリィの店なのかァ。それなら興味がある、見たいな」と、丈二は素直に言った。

男の指にはめられたアフガン特産の見事な青藍色のラピスには目を奪われた。神秘的な青藍色は「凶事から身を守る」と言われ、古代からシルクロードを通り、世界各地へと運ばれて行った。

この石から精製された青い粉末は、エジプトの女王クレオパトラのアイシャドウになった。数千年後、いまの日本では日本画の高価な岩絵の具としても使われている。

「じゃあ、茶を飲み終わったら出かけようぜ。ところで兄弟、お前の名前はなんて言うンだい？　俺の名前はマンガル・ズルマイ。マンガルと呼んでくれよ」

「俺は、スズキ・ジョウジ。ジョージと呼ばれている」

■パキスタンで一番の骨董品バザール

マンガルの店は、チョウク・ヤズガール《記念塔広場》から東へ入った小路、まぶしい金銀細工の店が華やかに並ぶ通りから、さらに奥へ入った集合住宅の中にあった。

「すごい！　この中もバザールになっているのか」

三メートル半もある背高い鉄柵門の前には機関銃を持った髭面のガードマンが二人もいて、通る人を睨んでいる。丈二は最初、怖くて門の内を覗き込めなかった。頑丈な門扉の一角には、頭を下げないと通れない小さな脇門がつき、誰でもが自由に出入り出来るわけではないようだ。

「ここはパキスタンで一番の骨董品バザールだ。世界中から骨董品の買い付けに目利きがやって来る」と、マンガルが糊の効いたアフガン服の胸をそらせ、得意げに言った。

「ここに集まっている品物は、みんなアフガンから運ばれて来るのかい？」

「そうさ。俺たちはパキスタンとアフガンを自由に行き来が出来るパシュトゥーン族だ。パキスタン人でもあり、アフガン人でもあるからな。物を運び込むための特別な間道や、コネクションもあるのさ。誰でもが自由に通れる道じゃあないぜ」と、マンガルは念を押した。

丈二は石畳の中庭があるアパート様の建物を、中庭の真ん中に立ってグルグルと首を巡らし上方を眺めた。五階建ての商店が集まったアパートのパティオ風の石畳からは、四角い小さな青空が切り取ったように見えた。中庭に向いた手すりには古めかしい色褪せた絨毯や、駱駝のキャラバンで使われていた鞍用の背もたれ、遊牧民が使う派手な刺繍のクッションなどがぶら下がっていた。

あちこちの階から「ジャパニィ！」の呼び声がかかった。彼らはどこを見て日本人と中国人を見分けているのかと、丈二には不思議でならない。

中庭の石畳に持ち出した、古い床机や傾いた椅子に座った店番たちは、外からの人間を遠慮もなく刺すような目で値踏みする。中には腰かけた床几から顔や身体を動かすことなく、目だけで追ってくる者もいる。

「それにしてもすごいバザールだなぁ、いったい何軒くらい入っているンだい？　ここには？」

「さぁ？　この建物の裏にも骨董店は続いている。……二〇〇軒か二五〇軒か。俺にもわからないよ。大家じゃないから店子の数など知らないさ」気の利いた冗談を言ったつもりらしいマンガルは、微かに唇の右端を吊り上げた。

集合商店街に隣接して、昔ながらの青や紺色のタイルで飾られた華麗なモスクがあった。モスクの隣には中世に栄えたキャラバン隊のサライ《宿屋》が何棟か、いまにも朽ち落ちそうな姿で生き残り、何百年が経ったいまでも金銀職人たちの工房として使われている。
三、四階建ての中世からの建物に挟まれている狭い石畳の路地は、緩やかに上り下りし、曲がりくねって別の路地と交差し、どこへ行き着くかわからない。まさに正真正銘の迷路で、中世の世界がそのままに息づいているオールド・バザールだ。
「気に入ったかい？　後で、この辺の周りも全部、案内してやるよ」

「世界遺産に指定してもいいくらいじゃないか、この中世風の建物とバザール全体。秘密めいた路地裏も含めて」

■バーミアンの大仏

「世界遺産って、なんだい？」

「人類にとって残すべき、貴重な遺産のことだよ。世界にいくつあるのかは知らないが、アフガンにもあるだろう。ほら、有名なバーミアンが世界遺産に指定されているよ」

「大仏は、もうないンだぜ。タリバーンがロケット砲でぶっ飛ばして壊したからな」

「大仏が壊されてなくなっても、バーミアンは大切な人類の遺産の一つなんだよ」と言う丈二に、

「じゃあ、タリバーンが大仏をぶっ飛ばしたのは無駄だったのか？」と、不可解な顔で問い直してきた。

仏像の残りでも世界遺産としては価値があると、丈二から説明をされたマンガルは、さらに腑に落ちない顔になり、店の入り口で顔を横に向け、不満そうに床に向かってペッと唾を吐いた。

「エングレーズ《外国人》っていうのは、まったくわからない奴らだな……」

「俺たちから見れば、わざわざ大仏を壊す行為の方がわからないよ。あのまま大仏があったら、タリバーンにとっては不都合な存在だったのかい？」

「バーミアンの大仏はなぁ……」

マンガルは急に顔を強張らせ、丈二を睨んで言った。

「タリバーン政権はアフガン国民を虐げる恐怖政権だと、一方的に国際機関から決めつけられた。確かに宗教警察による行き過ぎた取締りはあった。だが、あの頃のアフガンは、世界からの経済制裁で国民は食えずに喘いでいたンだぞ。十何年ぶりという大干ばつで小麦は穫れず、海外からの食料も輸入が出来ず、国民の大半は飢え死にしかかっていた。国を捨て難民になった者は国民の三分の一にも達した。そんな時に国際機関は文化保護には何億ドルもの金を支援すると言ったのよ。何百万人もの餓死者が出るという時に、石の大仏への修復金だとよ！」

マンガルは眼と唇を尖らせ、そして頬を膨らませた。小鼻がヒクヒク動いている。

「そんな金が国際機関にあるのなら、国民への食糧援助として欲しい。経済制裁を止めて欲しいと、タリバーン政府はアメリカをはじめとする世界に頼んだわけよ。だが、ユネスコとかいう国際機関は、その支援金は大仏への修復金で、他へは転用出来ないとぬかしやがった」と、マンガルは早口の英語でまくしたてた。

「生きている人間と、作り物の古びた石の大仏と、どちらが大切だって言うンだ？　ええ？　生きている人間に決まっているだろうが！　だから生きた人間より大切な、そんなご大層で役立たずな大仏は、アフガンに不要だ！　となったンだ。まァ、簡単な説明をすれば、そういうところかな」

Rを「ル」と発音する、巻き舌の英語でガンガン迫ってくる。マンガルの気持ちと怒りが、なんだか痛いように丈二の胸に響いた。確かにバーミアンの大仏がタリバーンによって破壊されたニュースが世界中に流れ、世界の目がアフガンに向いた。

「アフガンの飢えで苦しむ人びとに対し、それまでの世界は無関心だったのよ。石の大仏が壊されてはじめて、世界はアフガンに目を向けたのよ！」と、マンガルの舌鋒は止まらなかった。

マンガルにうながされて暗い階段を昇って入った店は、八畳くらいの小店だった。壁際の一面には何重にも巻きつけられたさまざまな貴石の連珠。見事な艶を持つ淡水真珠、厚みのある貝殻で作った七色に輝く立派なボタン、ヒマラヤでしか採れない希少な山珊瑚の連珠もぶら下がる。床には積み上げられた孔雀石やラピス・ラズリィ、名前も知らない半貴石の原石などが転がっている。鍵の掛けられた棚の中には、博物館で見かけるような骨董品が無造作に積まれている。

「アッサラーム・ア・レイコム！　伯父さん、お元気でしたか？」

マンガルは右手を軽く左胸に当て身体をわずかに前かがみにして目礼。さらには伯父さんの右手を両手で挟み、甲に口づけする恭しい挨拶をした。

「ワァレイコム・アッサラーム！　タシャクール《ありがとう》」

伯父さんは抑揚をつけた鷹揚な物言いでマンガルに返事をし、マンガルの背中に両手を回して抱き寄せ、交互に左右の頬を合わせた。

長い挨拶を終えたマンガルがようやく、「ジョージ・バイ、俺の大伯父さんだ」と紹介した。肉付きがよく、色白で髭も白く柔和に見える店主には、長老の風格が漂う。頭に巻いている高価そうな艶のある絹パグリィにもシャッキリと筋目が立っている。

「ここは俺たち一族の店の一つで、年長者の伯父さんが店を仕切っている。若い俺たちはアフガンからラピス・ラズリィなどを運んでくるンだ。もっともラピス・ラズリィだけではなく、ときどき、口には出せない珍しい品物も運んでくる。たまには正規に国境を通れない人間もさ」と、マンガルはいたずらっぽい目で丈二を見つめ笑うと、愛嬌のよい顔にしたたかさがにじみ出た。

店主は太った身体を重そうに店の端へ移動させ、絨毯敷きの空いた場所を指さして、二人に座れ、座れと身振りした。マンガルは入り口で靴を脱いでいた。丈二があわてて靴を脱ぎに入り口へ戻ろうとすると、「いいから、いいから、そのままで」というふうに手を振った。

二人にならって絨毯の上に靴を履いたまま胡坐をかき、落ち着くと改めて展示品に目を奪われた。古美術に関心があり、少し絵心のある者なら、ここは迷宮に隠された宝の部屋だ。

それらの多くがアフガンから運び込まれている古美術品と聞けば、アフガンが「文明の十字路」だったという話も頷ける。ここにある品物を見ているだけで、古代アジアの文化がどんなに質の高いものだったかと容易に想像がつく。国境の町ペシャワールは、ギリシャ文化とインド仏教文化が融合した土地だ。

擦り切れた絨毯の端に転がっている、単なるガラクタにしか見えない物でも、好事家から見れば垂涎物かもしれない。棚のなかにある五センチにも満たない小さなガラス瓶、あの表面に浮き出ている銀化した七色の玄妙な輝き、美しさはどうだ！　真珠などが色あせて見えるではないか。暑い陽射しの下、砂漠の地中で一〇〇〇年もの時を過ごすと、単なるガラス玉や瓶があんなに美しいものに変化をするのか？　あの色を人工的に表現するとしたら？

美術専門学校を中退した後も、海外旅行ではかならず博物館や美術館へ通った。そのたびに丈二は美術専門学校を中退せず、もう少し真面目に勉強をしておけばよかったと、悔やんだ。日本へ帰ったら、ガンダーラ美術や西アジア関係の美術についても、いま少し深く勉強をしてみようと考え出していた。

「ジョージ・バイ、何を考えている」

「驚いた、何もかもが興味深いよ。この集合商店街全体の規模にも驚いているンだ」

「うん、古美術品は国からの持ち出しが禁止になっている。だからさまざまな手段やルートをたどってロンドン、ニューヨークなど世界第一級の古美術品マーケットへと物が流れていくンだ。別の叔父はロンドンの店で、ここから送り出される古美術品の販売と管理をしている。あぁ〜、俺もロンドンへ行ってみてぇや。東京でもいいけどな」

「このバザールには西アジアと中央アジアの宝物が埋まっているという感じだなぁ」

「そうさ、ラピス・ラズリィの原石もここから香港へ出る。そこで第一級の研磨がなされて、欧米や日本のマーケットへと出ていく。そうか、連れてきた甲斐があったぜ。ゆっくり好きなだけ見ていけよ」と、マンガルは丈二の素直な驚きに気をよくしたのか、元の愛嬌のよい顔に戻ってご機嫌だった。

そしてマンガルは目をクリクリさせて無邪気に言い出した。

「なぁ、ジョージ・バイ、俺も一度は海外へ、そうだな東京でもいいや、行ってみたいな。俺はイギリス人より日本人の方が好きだしな。俺の友だち一族は、埼玉と富山で中古車を扱っているンだぜ」

丈二は「来たな！」と身構えた。

「そうなのか。俺もあまりよくは知らないが、日本へのビザ取得はすごく難しいらしいよ。本人の収入、過去何年間かの銀行の入出金の記録、日本人の保証人と招聘状。俺は学生で半人前だから保証人にはなれないけどな……」

「俺には金はあるンだぜ。銀行には置いていないけれどな」と、マンガルは丈二の目を覗き込み「金はある、金はある」と、しつこいほど繰り返した。

店主は右手で琥珀色のタスビー《数珠》を繰りながら、英語で交わされるマンガルと丈二の会話をニコニコしながら聞き、時折り日本についての質問もする。海外との取引が多く、ロンドンにも店があるというだけあって、英語はなかなかのものだ。

美しい絵画や工芸品などに強い関心を持っている丈二は連日飽きもせず、骨董品のバザールへと通った。マンガルの店だけではなく、どこの店に入っても「買え、買え」と勧められることがなく、気楽だった。

博物館よりも展示品の幅が広く豊富だった。どの店でも商品を自分の手に取ってひねくり回し、裏返し、目を近づけて納得がいくまで見られるのもうれしい。その上、マンガルと店主の商品に対する解説が、考古学的ではなくて興味をそそられた。

「このマラカイト《孔雀石》で造られた美しい緑縞の器。王族の姫たちがこれで化粧をしたンだろうさ」

大の男の手のひらと同じ大きさもある孔雀石の石臼は、舟形で厚みもあってずっしりと重く、緑縞の優美な曲線を描き出している。これでアイシャドウに使う色石を丹念に磨ったのだろうか？　との想いが中世へまでも飛んでいく。色白なペルシャの姫の、瞼の彩りに使われたのであろう、優美な石臼が丈二の手の中にある。

■砦の家に住むパシュトゥーン族

マンガルたちは勇猛果敢なパシュトゥーン族だ。約四〇〇〇万人がアフガンとパキスタンの国境で分断されているが、昔ながらの部族社会を構成し、両国を自由に往来しながら暮らしている。部族は大きく九族に分かれ、さらに細かく氏族ごとにまとまり、何代にも渡って敵対している氏族も多い。

彼らはパシュトゥーン族としての三二項目の「掟」を厳守し、パキスタンの法律よりも「掟」が優先される。

掟の最大の徳目は、男らしい勇気、戦闘を恐れぬこと、名誉を回復するための復讐を実行することである。

パシュトゥーン族の暮らしには、日本人には想像も出来ない異次元の世界が広がっている。丈二はマンガルからパシュトゥーン族の掟の一つ、「客人歓待」を受け、ペシャワールにいる一〇日間はほとんどの時間をマンガルと過ごすことになった。

ある日の昼下がり、丈二は町中からリキシャで三〇分ばかりのマンガルの家に招待された。丈二を乗せたリキシャはパキスタン政府の法律が及ばない、部族社会との境をなす白と黒に塗り分けられた手動式の遮断機をくぐった。郊外へ出て、西へ向かうと直ぐにわずかばかり雑草が残る薄褐色の原野になり、原野の中に高い土塀に囲まれた大きな家が数軒ずつ固まっているのが見えはじめた。泥を積み上げた背高い家の背後には、雪のヒンズークッシュ山脈が陽炎の中で揺らぎ霞んで見えた。

どの家も土塀の高さが七メートルもあって随所に銃眼がある。四隅には物見やぐらがあって、そこにも銃眼があった。土塀は底部で二メートル半もの厚みがあるという。これで外敵からの攻撃に耐える。これは家ではなく砦だった。「すげぇ」と、歓声をあげた丈二の後ろで鉄門が軋みながら閉じられていく。

「我々には、先祖代々敵対している一族がある。いまも争いが絶えない。だから俺たちは自衛のために、濃い血縁同士、すぐに助け合える距離に家を建てる。一つの家に叔父叔母、従兄弟たち一〇〇人の大家族で暮らすのは普通のことだ。家を出る時はかならず二人以上で行動する。単独で町を歩くなんて危険は絶対におかさない」

敷地内を案内しながらマンガルは、日本人はそんなことも知らないのか？　というふうに、従兄弟たちと目を交わし合って微かに笑った。砦のように大きな家の表側には客人たちが憩うための美しい前庭。裏手に向かえば天井の高い大きな貯蔵庫と糞尿臭い家畜部屋が並んでいた。家の真裏一階部分には、いくつもの土竈《どがま》が並んだ台所があり、続く裏庭は畑になっている。

大家族制で暮らしているので、家によっては敷地内にマスジッドも、寺子屋もある。マスジッドはアラビア語で礼拝所の意味だが、いまや英語呼称の「モスク」が世界の共通語となっている。

また、敵の侵入を防ぐためにと、上階の居住部へは肩をすくめないと上れないほどの狭い階段でつながっている。

丈二は二階でマンガルの従兄弟たち数人の歓待を受けた。といってもサブス・チャイ《緑茶または番茶》を飲みながら昼間の暑熱を避けて、取りとめもない話で、時間を過ごしただけだ。

部屋にはテーブルもソファもなく殺風景だが、絨毯だけは織り目の詰まった、年季も入った草木染の逸品物が三枚敷かれていた。その絨毯を囲んで大人の背丈よりも長い座布団が壁際に一〇枚近く、背もたれ用のクッションが二〇個近くも並べ置かれていた。長座布団も背もたれも真っ赤なビロード生地で、小さな白黒のブハラ模様があしらわれていた。

マンガルの従弟ラヒームは中背だが分厚い胸と大きな手足を持ち、身体が筋肉で出来ているようだ。「無愛想に見えるが正義感の強い男」で、普段は小麦の積み下ろしを手伝い、一〇〇キロもある小麦の袋を苦もなく担ぐ力持ちだと紹介された。当のラヒームは挨拶がわりに、「一人旅するお前は危険知らずのバカ者だ」とでも言うように口元をゆがめて睨みつけ、丈二の頭を拳骨で軽く小突いた。

もう一人の従弟、アシムは、マンガルによく似た顔立ちで鼻筋が通り、その鼻の下に短い髭を蓄えている。割れた顎が精悍さを強調している。

話のつまみにはアフガン産のアーモンドや松の実などのナッツ類を爪先で丹念に割る。親指と人差し指の先が渋皮で汚れ褐色になるが、小さな中身は日本で喰うものより旨い。絨毯の上にナッツの皮をまき散らしては茶を飲み、延々と男同士のおしゃべりが続く。

テレビもラジオもなかった昔は、遠くから来る客人のもたらす新しい知識や噂が大切な情報であり娯楽だった。村を通過していくだけの見知らぬ人でも村をあげて歓待し、そのためにはどこの村にもかならず客人宿泊用の小さな家が用意してあった。

それがパシュトゥーンの伝統であり文化だ。「誰かとの会話で一日が潰れたら、きょうは有意義に過ごせたと俺たちは考える。我々には敵も多い。だから新たな客人とのかかわり合いを大切にしていく」とマンガルが力説した。

マンガルは自分の言っていることが理解出来たかと、確認するように丈二の目の中を覗き見た。確かに、恒常的に失業率が高いパキスタンの北西辺境州では、そうした他愛もない時間が彼らの人生の一部になっている。

「仮に敵であっても、頭を下げて助けを求め、頼ってきたら助ける。それがパシュトゥーンの男の度量だ。俺たちは貧しい。貧しくて何もないからこそ血縁同士、人間同士の絆は強く、それが最大の財産だ」と、気難しい顔をしているラヒームが、厚い胸を反らせて言い添えた。

三人のパシュトゥーンは、自分たちパシュトゥーン族がいかに勇猛果敢で仲間同士の信義に篤いか、男らしいかを延々と語った。それを伝えるマンガルの英語はわかりやすい。

パシュトゥーンでは男女の役割がはっきりと分かれ、女が家の外で働くことはないし、一人で出歩くことも絶対にない。日々の細々とした買い物も男の仕事だ。どこへ出かける時にも、かならず家族の男が付き添う。学校へ通う女の子も少ない。時に、女は財産、子どもを産む存在、家事労働者としてのみ評価される。一〇歳以下という女児の結婚もあるが、結婚の際には家格に応じた婚資（結納）

が女性の側へ送られるので、貧しい家では女児を早く嫁がせることもある。

日本では男女とも九年間の義務教育を受け、一八歳の約半分が大学へ行く。女性は一人で自由にどこへでも行けるし、仕事にも就ける。最近では男の化粧品がたくさん売られ、化粧をする男も増えたと、丈二が軽口をたたくと、

「化粧?」

「男が?」

パシュトゥーンの男たちは意味を捉えかねてか、一瞬、息を潜め、次の瞬間、全員がのけぞった。

「男がリップスティック?」

口紅を引くラヒームのしぐさに、パシュトゥーンの男たちは顔を見合わせ、茶を吹き出した。長座布団や背もたれ、絨毯がたたきまくられ、埃が舞いあがり、ナッツの皮が辺り一面に飛び散った。小さな窓のカーテンの隙間越しに射し込む強い光の中で、埃がいつまでも舞い上がり落ちるのをいやがっていた。

三人のパシュトゥーンの男たちは腹を抱えて笑うのを止めず、最後はハイタッチまでする始末だ。

そして、「パシュトゥーンの男は、強くなければ男ではない」と言い切り、その場の全員が二の腕に力瘤をつくって見せた。

■女たちの姿がない

丈二は、昼間はドライヤーから吹き出すような熱風を避け、厚い泥壁に守られたマンガルの家で寝そべって過ごし、気温が下がりはじめる夕方になるとバザールへ骨董品の「勉強」に出かけた。屋台で「世界一、美味しいパキスタン産のマンゴー」を買い求め、夜になると再び誘われるままにリキシャでマンガルの家に向かう。パシュトゥーンの男たちは客人を放っておかない。

マンガルの家にはときどき、泊まり込みもしたが、家の中で女たちの姿を見ることはない。食事を運んで来るのも茶を出すのも客への給仕はすべて、少年たちの仕事だ。家事全般、料理や家畜の世話、敷地内の畑などは女たちの分担だというが、家の中には女たちの気配すらも感じられない。

「女は絶対に守らなければならない大切な存在。財産だ」とマンガルたちは言う。だから肉親以外の人目に触れない、敷地内の女性居住区にいる。この女性居住区には、ごく近親の血族しか入れない。女性居住区で女たちは男家族を支えるための家事全般に勤しみ、子育てもする。稀に外出する時以外は一生を女性の居住区で暮らすのだ。

夕食時になると家にいる一〇人ほどの成人男性が、客人の接待を兼ねて丈二のいる部屋に集まり、絨毯の周りに置かれた長座布団の上に胡坐をかく。中学生くらいの少年が手際よく花柄のナイロン・

シートを絨毯の上に広げ配膳する。客の人数によってナイロン・シートは伸縮自在の便利な食卓だ。その食卓の真ん中、ステンレス製大盆の上に山と盛られた飯に皆が手をのばし、手づかみで食う。

みんなあきれるほどの大食いだ。最初、丈二が遠慮をして手を出さないのだとマンガルは考えたらしく、丈二には皿とスプーンが付いた。

直径六〇センチもの大盆には、色うつくしいサフランを贅沢に使い、干し葡萄やオレンジピール入りの炊き込みご飯が盛られ、その上には羊肉や鶏肉のかたまりが乗せられている。インドやパキスタン南部の料理のように辛さが先に立たない。すべての食べ物が穏やかなスパイスの香りに包まれている。

大盆の上に乗せられた大きな肉塊は、マンガルの手で無造作に取分けられ、丈二の皿へもドッカと乗せられる。焼き肉の時は、中庭に安っぽいブリキ製の七〇センチもある長コンロを置き、炭火で焼く。ジュウジュウ音を立て垂れる脂、濃い紫色の煙が一エーカー（約一二〇〇坪）もの広い敷地内に匂いをまき散らす。生後三カ月の若い羊肉に岩塩をまぶして炭火で焼いただけの素朴な料理。世界一まろやかで旨いというパキスタン産の天然岩塩がうま味を引き出している。なかでも新鮮なレバーに羊の網脂を巻いて焼いたパッタ・ティッカは絶品だ。

いずれの焼き肉も、手のひらや指に付いた脂を舐めながら食うのが一番、旨い。丈二は汗まで羊臭くなった。

■敵対していないなら「バイだ《兄弟》」

マンガルには、従兄弟の結婚式だ、親戚に男の子が生まれたといっては連れ回され、そのたびに「バイ」だと紹介された。敵対していない間柄なら、そして毎日一緒に飯を食うなら、みんな「バイ」だとマンガルは真顔で言う。

それにしても、わずかな時間で心が通い合うことがある。マンガルに実の弟のように扱われ、肉親に対するような感情が生まれている。

マンガルは小学校しか出ていないと言うが、生まれつきなのか頭の回転は速く、仕事柄もあって流暢に英語を話す。多民族国家のパキスタンでは英語が公用語になっている。都会で仕事をするのなら、読み書きは不自由でも話せる英語は必要だという。小学校へ入ってから学ぶ、共通語としてのウルドゥ語もあるが、民族ごとに住み分けている地方では、民族言語しか話せない者が多いという。民族紛争の一端などは、言葉による行き違いがあるのかもしれない。

「ジョージ、俺とラヒームは明日、イスラマバードに行く。お前はどうする?」と、いつまでペシャワールにいるつもりなのかとマンガルが聞いてきた。

一族の子どもたち十数人がイスラマバードの神学校に寄宿している。年に何回かは食べ物を差し入れ、子どもたちの様子を見にいくという。最酷暑六月下旬から夏休みに入る、家に戻りたい小さな子は連れてくるのだと、マンガルが口元を緩め、眉毛を下げた優しい顔つきになった。

「行く行く、一緒に行く。神学校を見てみたい」

「ジョージ、お前はお気軽でいいなぁ……。何にでも顔を突っ込みたがる」

「まぁな……」照れ隠しに笑った丈二を、マンガルは笑わない目で見返した。

「神学校の中には、外国人はイスラームの敵だと考えている連中がいる。俺たちと一緒なら校内へは入れるが、本当に入ってみたいのなら、聖句のカリマだけは覚えろ。難しくはない。ラー　イラッハ　イッラーフ　ムハンマッド　ラスルラー。アッラーの他に神はなく、ムハンマッドは神の使徒である、という意味だ」

「わかった。三度唱えればよいのだな」

「ラー　イラッハ　イッラッラーフ　ムハンマッド　ラスルラー」と油性のペンで手のひらに書き込み、唱えた。真剣な目で見つめるマンガルやラヒームを見ると、「面倒なら止める」とも言えなくなった。

一族の子どもたち十数人が学んでいるイスラマバードのラール・マスジッドは、首都でも由緒あるモスクだ。付属の神学校でコーランの暗誦試験に合格すれば、立派なハフィーズ（コーランを暗誦出来る者の尊称）として、子どもたちに教えられるという。

ラヒームが「ろくな仕事もない北西辺境州で、ハフィーズとして村人からの尊敬を受け、コーランを教えながら生きていければ最高の人生だ。その傍らで小商いでも出来れば家族も養える」と言う。

「俺は家長代理だ。家を長くは空けられない。イスラマバードへ行くジョージの面倒は、これからお前が見ろ。お前は英語が話せるし、イスラマバードははじめてだろう、見ておくのも勉強だ」と、マンガルは従弟のアシムに年長者らしい威厳で命令した。

■分断された大地

翌日の明け方、イスラマバードへ向かう乗合ワゴンにマンガル、ラヒーム、アシムと丈二は、米や果物、四〇キログラムもある牛の腿肉などの食料品、一族の子どもたちや若者たちへの差し入れを持って乗り込んだ。一五人ほどの客を乗せてワゴン車はアジア・ハイウェーを真東へ向かって疾走した。

車の中で、マンガルは神学校へ一族の子どもたちを寄宿させる理由を丈二に説明した。

「俺たちマンガルの血族、一八〇〇万人の中には一片の土地も持たない貧しい男がたくさんいる。小学校にもやれない貧しい家の子どもたちに、将来どんな仕事があるというのだ？　一〇〇キログラムの小麦袋を担ぐ仕事だって、いつもあるわけじゃない。

俺たちは大家族制で暮らすから最低でも一家は三〇人以上になる。立派な大家族ともなれば一つの敷地に一〇〇人以上で暮らしている。一家に一人か二人、稼ぐ才覚者がいれば、それで何とか食ってはいける。でも、ジョージも見たろう、俺たちの家族を。一〇歳以下の子どもだけでも三〇人はいる。女や子どもたちを食わせ、充分な教育をと考えるのなら、並みの稼ぎでは済まない。たまには危ない仕事もするさ」と、マンガルは肩をいからせた。

「一人前の男が、どこかの家の下働きや、居候では肩身が狭い。それでは結婚も出来やしないさ」と、ラヒームが他人事のように言ってから、自嘲気味に鼻先で笑った。

マンガルは海外で商売をしている父親に代わって、家長代理を務め、一族に対しても責任感があり、経済観念もしっかりしている。

「数年前から公立小学校では教育費が無料になった。とはいえ、教科書代や制服、鞄、文具などの購入には半月分の給料が消える。田舎では働くところがない、現金収入がない。毎日、食うだけでも大変なのに、子どもを学校へやるための現金なんかがあるもんか。貧乏人の家では、口減らしを兼ねて神学校へ出すしか教育の機会はないのだ」

「神学校は無料なのかい？」

「衣食住の面倒が見てもらえる。その上、聖なるコーランやムハンマッドの言行録も教えていただける。神学校の中にはコンピュータや一般教科を教えるところもあるが、そういうのは数が少ない」

「俺たち一族の子どもたちの、何百人もが全国の神学校に寄宿している」と、ラヒームが言い足した。

乗合ワゴンはインダス河の畔に出た。チベットを源とする大河インダスは、パキスタンを縦断してアラビア海に注いでいる。マンガルは伸びあがるようにして前方を指さした。

「ジョージ、見ろ。一一〇年も前には、この川岸までが我々の大地だった。イギリス領インドは、インダス河の向こう岸までだった」

マンガルは「我々の大地」と言うところに力を込めた。インダス河の対岸、東側の崖の上には、ムガール帝国時代に造られた堅牢な城塞が見える。乗合ワゴンの中では何人かの乗客が、マンガルが指さす城塞へと目を向けた。

「昔、イギリスは、アフガンをも併呑しようとした。奴らはアフガンから三回もたたき出された。にもかかわらず一八九三年、英語の読めないアフガン国王を騙して調印にこぎ着け、一方的に国境線をインダス河から約一〇〇キロメートルも西へ移動した。そのせいで我々パシュトゥーン四〇〇〇万人の住む大地がアフガンとパキスタンに分断された。

イギリスの勝手な国境分断だけでも許し難いのに、いまでは米英を中心にした多国籍軍が我々を武装勢力、テロリスト扱いだ。この数年の空爆、無人機からの攻撃、誤爆で何人の民間人が犠牲になったと思う」

ラヒームが怒りで目を吊り上げて演説をぶった。白目が異様に広がった。学校で歴史を学んだわけでもないだろうに、マンガルやラヒームは年代や数字を次々と繰り出してまくしたてた。

「昔から我々はインダス河の西側に暮らしていた。アフガンとパキスタンに跨がる大地には不毛の土漠が多い。だが、ここは我々パシュトゥーンの愛してやまない大地だ。奴ら米英の土地ではない」と、後部座席に静かに座っていた、一八歳になったばかりのアシムまでが口を挟み出した。普段、ニコニコしているだけのアシムが興奮するのは珍しい。

「ラヒームの親戚は結婚式に参列していただけなのに、武装勢力の集会と間違われ、無人機からの爆撃を受けた。政府は、『誤爆でした。哀悼の意を表明します』だと。我々がアメリカやパキスタン政府を恨んで当然だろう？　ジョージ、そうは思わないか？」と、マンガルたちは目を三角にして言い募った。

「大学へ行った者たちが、どんなニュースでもいまはネットで検索が出来ると言っていた。ジョージ、日本へ帰ったら検索してみろ。結婚式や葬式への『誤爆』は一〇〇回ではきかないぞ。いまでは九・一一の犠牲者数を遥かに上回っているから」

一八歳のアシムが、拳を握って悔しさを噛み殺している。

「一方的に殺され、土地や家、財産を奪われたことに対する復讐がパシュトーンの『掟』には定められている。我々は「掟」を守る。かならず我々の大地からアメリカを追い出す。イギリスやロシアを追い出したように」怨念を感じさせる暗い目でラヒームがつぶやいた。

若い彼らでさえも、自分たちの大地や歴史に対する確たる認識があり、自分たちの出自に強烈なアイデンティティを持っている。米英を中心にする列強大国の覇権主義、侵略を皮膚感覚で拒絶している。いずれも日本の若者には希薄な感覚だ。「俺たち日本人は、やはり平和ボケをしているぞ」と、丈二は自分の意識の低さを思い知らされた。

「イスラーム教は元々過激な宗教でもなんでもない。そういう偏見を世界にまき散らしたブッシュにこそ、アッラーから天罰が下るに違いない。確かにタリバーンの中には過激で狂信的な連中もいる。しかし、何もかも一括りにしてテロリストと言って欲しくない。俺は反米武装勢力の一員だったが、テロリストではない」と、ラヒームは断言した。

「アメリカ《アメリカ》・ムルダバード《に死を》、アッラーフ・アクバル」

ラヒームが、厚みのある胸いっぱいに吸った息を吐き出し続けて、高らかに神を讃えた。それに対し、乗合ワゴンの中では何人かの乗客が拍手をした。

夜明けとともにペシャワールを出てきたワゴンだが、日の出とともに熱気を含んだ風が吹きこむ。イスラマバードまでの三時間、エアコンなしの乗合ワゴンは快適から遠い。

■ラール・マスジッド《赤い色のモスク》

四人が乗ったワゴンは九時、イスラマバード郊外の大バス停に着き、そこからはタクシーに乗り換えてラール・マスジッドへ向かった。土地の人びとが畏敬を込めて呼び習わす「赤い色のモスク」は、暗赤色の大理石の壁と、ひときわ濃い暗赤色のレンガ建築で訪問者を圧倒する。

ここ一年ばかり、ラール・マスジッドの正門前を、二四時間体制で治安警察官二四人が交代で監視している。裏門に近いバザールでは私服の警官が売り子の姿をして張り込んでいると、ラヒームが憎々しげに言った。これらに対抗して正門では屈強な神学生四人が背丈ほどもある棍棒を持って、出入りをする不審者をチェックする。

四人は金曜日の野外大バザールへ来たふりをして、裏門から入ることにした。野外大バザールでは大家族用に生鮮食料品を買い込み、大荷物を担ぐ男たちで早朝から夕方までごった返す。おまけにラール・マスジッドの金曜特別礼拝が重なるので、モスクの周辺は群衆で大混乱だ。

「俺たちも牛の腿肉や米、ジャガイモ、アフガンのガルマ（ラグビーボール形のメロン）を担いでいる。買い物に来たふうに見えるだろう」と、マンガルはいたずらっぽく片目をつぶって笑った。

「とにかく警察の犬どもは刺激をしないにかぎる。ワンワン吠えればうるさいしなぁ」と、マンガルはラヒームの方を見て「ワンワン」と小声で吠える真似をし、思いっきり唇をひん曲げた。

ラール・マスジッドの三つもある裏門でも正門と同様、神学生たちが出入りの人間をチェックしている。マンガルが口にする「バイ」「ジャパニィ」「ペシャワール」という単語が、切れ切れに丈二にも聞こえた。門番の神学生たちは、丈二の顔をしげしげと眺め、どう見ても少年にしか見えない男で、危険がないと見たようだ。もう一人の年かさの男が形ばかりの身体検査をし、「携帯電話とカメラは帰りに返す」と言って、無造作に取り上げ、保管箱へ入れた。丈二は本当に返してもらえるのかと不安になった。

正門や裏口の神学生による警備や丈二に対する身体検査などから、政府や治安当局と神学生の間に緊張関係があるのは感じた。だが、特段の危険を覚えたわけでもなかった。

青や紺、白いタイルのコントラストが鮮やかな、目に涼しげなモスクが多い中で、ラール・マスジッドには独特の存在感があり、暗赤色の大理石を積み上げた壁には圧倒される。見た目の暑苦しさも半端ではない。

モスクは野外大バザールのバス大通りと、首都開発公社に面する二車線の角地に建ち、東側は細い川で区切られている。バス通り側には二つの尖塔、神学生たちの手で建て増しが続いている神学校と寄宿舎は川沿いに伸び、野外大バザールの裏手と接している。

神学校の大聖堂は、天井に青色基調のタイルが幾何学模様に張られ、美しいドームになっている。ここでは特別な講義が行われることもあるが、大聖堂以外の部屋には粗末な敷物があるだけだ。神学生はそこに薄い布団を敷いて雑魚寝をし、敷布団をたたんで壁際へ積み上げると、そのまま教室に早変わりする。部屋の片側には菓子箱くらいの木で作られた小物入れが並び、わずかな個人の持ち物はここへ収納する。

九・一一以降、アメリカの圧力でパキスタン全土の神学校のうち八〇パーセントが基準に達していないとして、パキスタン政府によって閉鎖された。それに従い全土からの神学生を受け入れたラール・マスジッドでは、寄宿者が増え続けている。いまではラール・マスジッドの神学校には六〇〇〇人の学生が寄宿していると、新聞やテレビでは報道されている。

学生が増加するにつれ、学生たち自身の手で寄宿舎の建て増しがなされ、随所で建物と建物が不自然に繋がっている。昇ったり降りたり、廊下が曲がりくねってもいる。ところどころに鉄格子のはまったドアもあり、刑務所さながらの雰囲気だ。大勢の人間が集団で暮らしていることで、日本的な感覚では清潔な環境とは言い難い。だが、ゴミだけは落ちていない。

寄宿舎を建て増しするたびに厨房も増え、いまでは大きな厨房が一〇カ所以上あるせいで、寄宿舎の周辺にはいつでもスパイスの匂いが漂っている。厨房にくれば、誰でもが無料で食べ物にありつける。大いなるイスラームの恩寵だ。

「マンガルのバイだ。日本人だが我々パシュトゥーンの心がわかる。それに、カリマも知っている」

英語が出来ることで、丈二の面倒を見る「任務」を与えられた若いアシムが、一族の神学生たちに向かい、威張って丈二を紹介した。神学生の中にはエングレーズ《外国人》をはじめて間近に見るという者が多い。もの珍しさで握手を求め、肩や背中、尻まで撫でまわすように触る者が大勢いて、気色の悪さが半端ではない。

丈二が、折り紙でツルやカエルを折って見せると、子どもたちだけでなく、大人からも感心され、「泊まっていけ、泊まっていけ」と、あちこちから声がかかった。イスラームに敵対する者でなければ、寄宿舎には誰が泊まっても、飯を食っていっても構わないのだという。

だが、せっかくのイスラマバードだ。パキスタンに到着した日、カメラマンの森田が教えてくれた日本人のオバサンが三〇年も経営しているという民宿に泊まってみようと思った。一〇日もの間、食べ続けた脂濃い肉料理には、贅沢な話だが飽きた。つくづく白い飯でサッパリした物が食いたかった。

■民宿のオバサン

「すみません。部屋はありますか?」

「部屋？　部屋はあるに決まっているわよ。空いているかどうかは、別ですがネ」と、丈二の電話に、ひねくれた返事だ。森田が言っていた通りに、へそ曲がりなオバサンだ。

「すみません。今夜から泊めていただきたいのですが、空いた部屋はありますか？」

「そうそう、そう言えばわかるのよ。空いた部屋はありますよ。住所はわかりますネ、道路角に女子高があります。それを目印にタクシーでいらっしゃい」

丈二はオバサンに教えられた通り、ラール・マスジッドの近くからタクシーに乗った。地図で見れば民宿までは二キロメートルもないが、熱風の淀む中を歩きたいとは思わなかった。昼日中、灼熱の下、街を歩いている人影はまばらだ。

民宿の前に立つと無愛想な門番が黙って門を開け、左手で玄関のポーチを指さした。玄関のガラス戸を押して入ると直ぐに事務所兼居間。本棚からあふれた本が床にも山積みになっていた。

話には聞いていたが、アフガン関係、パシュトゥーン関係、インド・パキスタン、アフガン関係。人種や地政学、思想、古典、仏教遺跡や歴史。ガンダーラ美術の写真集、パキスタンの古美術。九・一一同時多発テロ関連の本もある。

「いったい何冊くらいあるのですか？　うれしいですね」

「七〇〇〇冊くらいかね。ほー、本が好きなのかい？」

「ええ、子どもの頃から本さえあれば幸せでした」

「横着な客が元へ戻さないから、直ぐにグチャグチャになるンだわ。中には貴重な資料本もあるがね。それは値打ちがわかる者にとっての話でネ。急ぎの旅でなければ、本を整理してくれるとうれしいがねぇ」

「なんでこんなに本がいっぱいあるンですか？」

「アタシが読みたいからよ。パキスタンに来る人からたまぁにアドバイスを求められることもあるしネ。三〇年もパキスタンに居て、知りませんとは恥ずかしくて言えないよ。年寄りには勉強が不要ってかい？」

「いえ、いえ、そういう意味ではありません。蔵書がすごいなぁと」

「もっとも読んでも直ぐに忘れるし、頭に知識は残らないんだけどねぇ。歳は取りたくないもんだわ」

丈二は、どう返事をするべきかと一瞬、迷って目が泳いだ。相手はへそ曲がりだ、余計なことは言うまいと。

「世の中には腐った人間もいて、大切な本を黙って持ち出し、返さない奴もいるンだよ」

「そんなこと……あるんですか？」

「たまに調べ物をしようとして、大切な本がなくなっているのがわかるたびに涙だよ。絶版になっている本などは捜してもなかなか手に入らない。そういう時は悲しいねぇ。中にはね、自分に必要なページだけを破って持っていく不心得者もいるんだよ。アンタは本が好きだって言うし、まだ悪旅ズレしていないようだから、そういうことはないだろうがネ」

「なんだか、そういうことを聞くと情けないですねぇ」

「いかにお金を使わず長く旅をしようかと、そればかりを考え、世界をフワフワ流れているだけの腐った旅行者がいるンだよ。貧乏な現地の人に五〇円の飯を奢らせたと、手柄話をするような旅行者がネ……。長旅をしている間に現地の貧しい人のことなど、どうでもよくなって、自分さえよければという人間に成り下がってしまったんだね」

「風や匂いを感じたり、見知らぬ人に紛れ込んでお茶を飲んだり……、それも旅だけれどネ、ブラブラ旅で気儘に流れているだけでは『もったいない』よ。自分のお金だ、自分の時間だと思っているかもしれないけれどネ」と、オバサンは真顔で言った。

丈二は素直に、「はい」と返事が出来た。

「旅には自分で区切りを作りなさいよ。二カ月なら二カ月、一年なら一年と。ただ日本へ帰って働きたくないからと世界を流れているだけの旅なら、人間を捨てかねないよ。旅が生活になり、目的もなく、薄ぼんやりと見ているだけじゃダメだよ。若い間は出来るだけ多くの事柄に触れ、現地や人について考えなさいよ。せっかくの貴重な時間と経費をかけるのだから」

オバサンの言っていることには一理あると、丈二は思った。

「日本での生活がどれだけ豊かで贅沢なのかも考えなさいよ。物事を比較検討出来る自分の視点というものが持てれば、アンタの旅行が今後に生きて来るよ。耳に痛いと思えるのなら、まだ腐っていない証拠だよ」

オバサンは洗い晒しのよれよれパキスタン服をヒラヒラさせ、白髪頭を左右に振り立てながら事務所から出て行きざまに、「部屋は客が来てから掃除をするの。部屋に入るまでちょっと本でも見て待っていてネ。食事は六時になれば食べられるよ」と告げた。

日本食家庭料理が並べられるテーブルには、お客が八人しか座れない。

「アタシャ、普通の人っていうのが苦手でネ。普通っていうのは『おもしろくない』の代名詞だわ。おもしろいかおもしろくないかは、大概、電話での受け答えでわかるのよ。ウチは八人だけの予約制。おもしろい話題を提供出来る人が優先だわ」と、オバサンはうそぶく。

第一日目の夕食の参加者は、ウルドゥ語を勉強に来ている麻雀が大好きだという日本人留学生。パキスタンの遺跡を調査している研究者。地雷撤去の人。イスラマバードから一時間も離れたタキシラから週二回、夕食に来るというプラント建設の技術者三人。難民の支援に来ているというＪＲの人も二人いた。

「ＪＲって、あのＪＲですか？　鉄道の？　パキスタンで何をなさっているのですか？」という丈二の質問に、「労働組合の活動もね、労使交渉や賃金闘争だけではないンですよ。人間としての権利を守る。世界中の働く者の団結というスタンスです。小学校などの建設支援、すでに世界各地で三〇校以上も建てました。日本国内では旅のプレゼント、植林も。アフガンでも井戸掘りや植林、すでに三万本の樹を植えましたよ」と、温和な感じの人がニコニコしながら答えた。

プラント建設で長期出張だという技術者たちは「工事が予定通りに進んだことは、ただの一度もないのです」と一人が言えば、「プラントの壊れた個所を修理しろと指示すると、自分が修理のしやすいように、その周辺部分を壊して、指示された個所の修理をする。壊した部分はそのまんま。そんなことの繰り返しで手間暇は倍では済みません」

オバサンも笑いながら、「ここの人たちには気働きがなくってねぇ。『窓ガラスを拭きなさい』って指示すると、指さしたその一枚だけを拭くのよ。直ぐ隣のガラスが汚れていても拭かないでね。買い物もね、二つのことを同時に言えば、大概一つは忘れて来るのよ。言ったことの半分が出来れば上等よ。パキスタンはおもしろくて素晴らしいし、優秀な人も多いのに、気働きの出来る人が少なくて残念だわ。やはり子どもの時からの教育だと思うわ」

日本人的な気働きは小さな頃からの訓練の賜物で、大人になってから急に身に付くものではないと、オバサンは言い切る。

■イスラームの教え

一泊九〇〇円、オバサンの宿はバックパッカーには贅沢だ。丈二はオバサンの好意に甘えて、時おり夕食に混ざるのと、本を借りるだけにして、普段は森田が勧めてくれたユースホステルに泊まることにした。ユースホステルの相部屋は六人一部屋。一泊一二〇〇円だが、泊まり客もなく六人部屋を一人で占領している。ユースホステルにいる限り飲み食いの一切で月に二万円もかからない。

ユースホステルの周囲には葉の厚い大木が植えられていて、二階の窓にまで伸びている。北向き一階の部屋には陽が射さず、石造りの建物内では高い天井の大きな扇風機を回すと意外に涼しい。部屋から白や紅、薄紫色の花が楽しめる。邪魔の入らない部屋でチップスを思うさま食い、コーラを飲みながらオバサンから借り出してきた本がいくらでも読める。旅行中というよりも、自宅から図書館へ通い、林間のコテージで読書に没頭しているような生活だ。

読書に没頭する他に、運動不足は早朝の散歩で解消する。市内には緑が多く、どこを歩いても林か公園の中のようだ。中流階級から上のパキスタン人は健康志向で、早朝に散歩をする人は多い。軍隊で使う指揮棒を振り回し、胸を張って歩いている恰幅のよい元軍人や、老夫婦で仲よく歩いている人たちが早朝の涼しさを満喫している。

奇遇な出会いがあった。日曜日、散歩中にパキスタン航空機で隣席だったスマートな政府勤務の男と出会った。父親と連れ立っての散歩中で、男は改めてカムランと名乗り、父親が「わが家は直ぐ近くです。モーニング・ティにいらっしゃい」と、気軽に誘ってくれたので遠慮もせず、そのまま付いていった。

「パキスタンはどうですか？　おもしろいですか？」

父親のアハマッドが、紅茶を勧めながら丈二に聞いた。パキスタンでは誰もがかならず外国人にこの質問をする。パキスタン人は、自分たちがどう見られているのかをすごく気にしている。彼らの愛国心とプライドは高く、パキスタンを褒めると、たちまち気に入ってもらえ、お茶や食事に誘われる。

「パキスタンのどこへ行きましたか？」と、アハマッドが再び聞いた。

「ペシャワールでは、毎日、骨董品のバザールやパシュトゥーン族の家へ行っていました。はじめは客人でしたが、次々にバイ《兄弟》が出来て、大切にしていただきました」

「バイですか！　それは何よりでしたねぇ」

「日本とはかけ離れた生活に驚いてばかりでした」

「私たち家族もパシュトゥーンですよ。長年、首都で暮らしていますが、パシュトゥーンはパシュトゥーンです」アハマッドは誇らしげに、にっこりとした。

「でも、政府で働いていますから、神学生たちからは大統領の子分、『敵』だと思われているのです。実に心外ですがね」と、カムランは少し悔しそうに言い添えた。

「ええ～、敵ですか……」

「だから近くなのにラール・マスジッドへは礼拝に行けず、裏手にある小さなモスクへ通います。礼拝はどこでしても同じですから」

「イスラームとはアラビア語で平和、従順、服従の意味を持ちます。神への帰依、絶対的な服従なのです。アッラーからの啓示を受け、神からの言葉を授かった預言者ムハンマッド（彼に平安あれ）の教えと、言行に一〇〇パーセント従うことこそがイスラームなのです」と、カムランは厳かに言った。

「でも、パキスタンはイスラーム教を国教としながら世俗国家です。宗主国だったイギリスの法律をそのまま適用している部分が多々あって、矛盾もあります。一つ一つの事象について教義と合うか合わないかは、イスラーム法学者たちが集まって判断を下しますがね。イスラーム原理主義の人びとはイスラーム法を導入せよと、強硬です」と、アハマッドが付け加えた。

「ラール・マスジッドの神学生たちは過激なのですか？」と丈二が質問すると、「過激と表現するか、純粋と表現するか……なかなか難しいところです。過激な人はどこにでもいますよ。ラール・マスジッドに狂信的な神学生というのはさほど多くないでしょう。コーランではアッラーを敬い、神の教えに忠実であれと教えます。でも、一日五回の礼拝も、年に一カ月間ある断食も、誰かから強要されることはなく、やるもやらないも個人の選択にゆだねられています。何もせず無気力に毎日を過ごすだけの者も大勢いますし、その怠惰な生き様も許されるのですから、イスラーム教は寛容なのです」と、カムランが言った。

「強要がされないので、時間になっても礼拝も朗誦もしないで、ただ寄宿舎でゴロゴロしている神学生がたくさんいるわけですか！」

「ジョージさんは神学校内へ入ったことがあるのですか？」

「ええ、ペシャワールから帰ってきた時に一緒だったバイたちが、連れていってくれました」

丈二の言葉に、カムラン親子は顔を見合わせた。

「ジョージさんに一つ注意をしておきましょう。パキスタンではイスラーム教を非難・批判すること、預言者ムハンマドの言行を侮辱・攻撃することは一切、禁じられています。ムハンマドの名を冒涜する者すべてに、パキスタンの法律では死刑を命じています」

「イスラーム法が施行されているサウジアラビアでは、未だに毎週金曜日に公開処刑が実施されています。斬首刑、石打刑、むち打ち刑などが公開ですよ。厳しい報道統制がなされていますから、世界ではあまり公にはなりませんが……」

「預言者ムハンマドの口を通して語られたアッラーの言葉、神から預言者へ下された啓典（コーラン）を冒涜する者にも、無期刑を命じています。外国人といえども、このイスラーム法が適用されますから、話をする時には注意をするべきですよ」父と子が交互に重々しく言った後、カムランが口調を和らげて諭した。

森田からも「現地の人とは宗教について語らないことが安全だ」と言われていたのを丈二は思い出した。

「モーニング・ティに誘っておきながら、朝から固い話になりましたね。最近のパキスタンは治安も悪く、反米感情も政府の締め付けも厳しくて、親子でも気楽な話をする余裕がなくなっているのです」とアハマッドは申しわけなさそうに付け加えた。

「九・一一同時多発テロが起こる前までは、本当に平穏で暮らしやすかったのです」

「いまのように混乱する前のパキスタンについて話してあげますよ。私もジョージさんと日本語で話が出来れば、日本語力のブラッシュアップになるでしょう。父は退職して暇があります。ここはジョージさんの家です。いつでも気軽に来てください」

パシュトゥーン族は、はじめての客に対して、かならず「ここは、あなたの家です」と付け加えることを忘れない。パシュトゥーンの「客人歓待の掟」だ。

「世界中、どこのモスクも隣人や同胞には食事を提供します。寝るための場所も与えます。無神論の共産主義やアメリカの無差別攻撃から逃げてきたアフガン人を助けるのは当然です。イスラームの同胞として我々の義務ですからのぅ……」

「神学生たちが過激に過激にと傾いて行ったのは、アメリカによるアフガン空爆、イスラームへの敵対行為がきっかけです。アフガンでは一八一八年パシュトゥーンによるドゥラニー王朝が成立し、代々の王国は、『イスラームの地の防衛』を至上命題として来ました。イスラームを守るのはパシュトゥーンの総意です」と、カムラン親子はモーニング・ティを締めくくった。

本からの知識、神学生との会話、それを補足してもらうつもりで、丈二はカムラン親子の家に遠慮なく通うことにした。近代教育を受けたパキスタン人たちの考え方、森田が言う「立場の異なる人びとの考え方」を知りたいと思った。

■金曜野外大バザール

イスラーム教では、ムハンマッドが生誕地のメッカを脱出した金曜日を安息日（休日）としている。モスクでは金曜の特別礼拝が行なわれるので、商店はシャッターを下ろし、俗事から離れた人びとがモスクに集まる。

金曜礼拝の日は、ラール・マスジッドに隣接した広場で野外大バザールも開かれ、一週間分の生鮮食料品の買い出しで人があふれる。バザールの外側、モスク前の道路にも土産物屋が軒を連ねる。

バザールにアフガン商人の店が並び増えだしたのは一九八〇年代、ロシアがアフガンへ侵攻してきた後からだ。大量のアフガン難民がイスラマバードにも流入し、野外大バザールは膨張した。ラール・マスジッドの北と川沿いには四〇〇軒余りのアフガン人の店が出て、その一角はアフガン・バザールとも呼ばれるようになった。

パキスタン商人が売るインド亜大陸的な民芸品。アフガン商人が持ち込む西アジアからの骨董品や年代物の絨毯。イランから運ばれて来る上質のモヘアのセーター。並木に紐を張って吊るした品々、屋台の上で売られる異国情緒あふれる物は、歓楽街のないイスラマバードで暮らす外国人たちを喜ばせた。

日本人によく似た顔つきで愛想のいいモンゴル系アフガン人、目鼻立ちがスッキリしたペルシャ系アフガン人が巻き舌で癖のある英語で呼び声をかける。流暢なフランス語を話す色白のタジク系のアフガン人もいる。アフガンの大都市にはフランス系の中学・高校がいくつかあり、高校や軍隊ではロシア語を学ばされたというアフガン人もいて、バザールにはさまざまな言語、方言が飛び交う。

「旦那はフランスのお方ですよね。昔からフランスはアフガンに学校をたくさん作ってくれました。だから特別にお安くしますすよ。大負けにして八〇〇ドルでいかがです?」

「高いナァ、そんなに手持ちがあるもンか」

「中国人たちにになら一八〇〇ドルって言いまさぁ。でも旦那には八〇〇ドルでさぁ」

アフガン人たちは生まれながらにして商人だ。人を逸らさずニコニコ笑顔を絶やさず、巻いてあるカーペットを自分の手元から客の足元へと、クルクル巻き落として広げ、見せていく。

「OK、OK、ある時払いで結構ですよ、旦那さん」

首都に暮らす外国人は大使館関係者か、国際機関の関係者が多く、信用が出来るのか、アフガン人たちは気前よく掛売りをする。しかし、近郊から週一回バスで買い物にやって来る中国人のグループには、「言っちゃ悪いが、金亡者の中国人には絶対に掛売りは出来ませんや。信用が出来るのはヨーロッパの方と日本人だけでさぁ」と言ってはばからない。

「笑わせないでくださいよ〜、旦那。もちろん、中国はたくさんの支援をしてくれていますぁ。でもね、最末端の労働者まで中国から大量に連れてくるンで、アフガン人が日銭を稼ぐ場もないンさぁ。中国人がアフガンに金を落とすっていうのはないンでさぁ。最末端で作業している奴らは、受刑者だって聞きましたぜ」

「昔から中国と仲がよいのはパキスタン人でさぁ。俺たちはアフガン人でさぁ」

「とにかく中国人はケチで金に汚い。その上、道徳心に欠ける。アフガン人を露骨に見下し、始末に負えない」と、商人たちは中国人への嫌悪の情を吐きまくる。

キラキラ光る人造石売場の前に陣取って、声高に値切っている中国人の女性グループがいた。身体の線がそっくり浮き出たピチピチのスラックスやワンピース姿、内股までが見えるミニスカートは、イスラーム教徒から見れば裸同然、その服装自体が反イスラーム的なのだ。

たどたどしい英語で値切る傍若無人な中国女性たちに、商人たちは目の置きどころにも困り困惑気味だ。

中国人には相手国の文化を尊重しようとする気持ちが皆無だと言われている。世界文明の中心、中華思想の矜持がそうさせるのであろうか。それとも一四億人の中で生き抜くためには、他人の思惑などに拘泥してはいられない強引さが必要なのだろうか。そうした思いや強引な行動が、現地の人びとの暮らしを土足で踏みつけにしているとは思ってもいないらしい。

「見ろ、見ろ、チナィ《中国人》の女を。裸同然の格好で歩いていやがらぁ。ヒヒヒヒィ」

「一発、犯してやるか!」

「イヒィヒィ、異教徒の中国人をやっつけると、神からも祝福されるぜ。やってやるぞ!」

道路わきにかたまり地面に蹲っている、無精髭の男たちが卑猥な視線を互いに交わす。

「薄布一枚、内股の奥まで丸見えだ、俺たちの方が恥ずかしいわい」

男たち数人が生け垣の陰に移動し、蹲っていた姿勢をさらに沈め、上目づかいに野卑で粘っこい視線を中国女の尻や股に向けて飛ばす。視姦されているとも知らず、女たちは尻をくねらせ、男たちを挑発するようにバザールを歩き回る。

「旦那、旦那、大きな声では言えないが……、バーミアンから出た仏陀の頭がありますぜ、正真正銘の本物、本物。古美術品はおおっぴらに市場では売れないけどネ。でも外交特権のある方は内緒で持ち出せますぜ。もし興味があるのなら、俺の家まで見にきてくださいよぉ」

「アフガンのハッダから出たテラコッタ《石膏》の仏頭だってあるンだよぉ。ヘレニズム文化の影響はバッチリ、びっくりするような逸品ですぜ、見事なギリシャ風の仏陀を拝みにおいでなせぇ」

「イランの砂漠から出土した銀化の進んだローマン・グラス。帝政ロシア時代の銀製食器だよ。マダム手に取ってみなせい。重くて立派なものでやんしょ、磨けば値打ちが上がり、とびっきりのディナーになりますぜ」

フランス人の耳元で囁き、いたずらっぽくウィンクをするアフガン商人たち。あちこちで客を呼び込む声、楽しそうに値切る客との駆け引きがバザールの終わる夕暮れ方まで聞こえる。

バザールを知り尽くした外国人たちはノンビリと絨毯屋、骨董屋を覗き歩き回った後、顔見知りのアフガン商人の店先で売り物の絨毯に座り込む。中央アジア産の石蜜糖を口の中で転がし、アフガン緑茶で甘さを流し込む。ほのかなスパイスが香る中央アジア風味の肉マントウを頬ばる。甘さピカイチのところどころ貴腐になった葡萄、水気たっぷりのメロンは世界一だ。

だが、アフガンからパキスタンへもたらされてきたものは、中央アジアの骨董品や美味な果物だけではない。ラール・マスジッドの周辺で、大きな異変の予兆が出はじめたのは、九・一一同時多発テロ以降だった。

ロシア軍のアフガン侵攻で難民になった人びとは神を信じないロシア共産党の思想を嫌悪した。九・一一後は反テロ戦争を大義名分にしたアメリカのアフガン攻撃を憎悪した。一部の神学者や神学生は超過激で狭義なイスラーム思想を養い、パキスタンへ移植した。

世界中のどこのイスラーム国でも神学者同士の交誼や支援は濃密だ。ラール・マスジッドの指導者アジズ、ガジ兄弟を先頭に、多くの神学生がアフガンからの難民に深い同情を寄せ、一見、純粋に見える過激なイスラーム思想に染まっていった。

■市民たちの不満

丈二は、すっかり顔なじみになった神学校へも通った。

「最近の市民のざまはどうだ。商店街のビル地下にはディスコがあり、アルコールを飲んで騒いでいる奴らがいると聞くぞ。アルコールが街に出回るなど、前はなかった。いったい誰が持ち込んでいるんだ!」

朗誦にも人一倍熱心な神学生のタリクが、許せないとばかりに口を尖らせる。

「大統領がおおっぴらに飲んでいると、巷での噂だ。パキスタンの規律が緩んでいるのは、大統領のせいに違いない」と、タリクが言い募る。

「九・一一同時多発テロ以降、アメリカから逃げ帰ってきた軟弱者の奴ら。アルコールに毒されているのだな」

神学校の中には一切の娯楽的な要素がない。テレビすらない。だが昨今では携帯電話でさまざまな情報が得られる世の中だ。時間もある。寄れば巷の噂に花が咲く。

「テロリストの国の人間とたたかれ、アメリカから逃げ帰ってきた根性ナシどもは、金だけは持っていて、奴らが札びらを切るので町は景気がよいらしい」

神学生たちは聞いた話、知っている噂を次々に披露する。

「アッラーは人間を堕落させる娯楽を禁止しておられる。そんな話を聞くだけでも耳が穢れるわい。だが、堕落している奴らをそのままにしておいてよいものか？　知ってしまって見過ごせば、わしらも堕落同然だ！」

融通の利かないタリクが険しい目で周りを睨め回し、視線を年長のバーバルへ向けた。

「身体をくねらせ髪を振り乱し、口をあけて踊っている奴ら。身体を揺らし過ぎて脳みそが溶けてしまったに違いない。奴らはコーランにも親しまんと聞く」

「善きイスラーム教徒となるためには、真に深くアッラーに服従し、アッラーの御名を讃え、預言者ムハンマッドの偉大さを声高らかに讃えよ。真の信仰者なら神への服従を行動で表し、イスラームの敵であるアメリカや大統領、不法に金を儲けて神を忘れた奴らへ鉄槌を下せ」誰かがガジ師の口調を真似て演説した。

「その通りじゃ」と、年長のバーバルが顎の下で二〇センチにも伸び、手のひらで握れるようになった髭を何度もしごきながら、「音楽や映像などの娯楽は、イスラームの教義に反するとガジ師もおっしゃっておられた」と煽った。バーバルはオサマ・ビン・ラディンのように重々しい話し方をする。乾燥の激しい土地柄のせいでシワが多く、濃い髭が中年の風貌を醸し出しているが、二七、八歳の青年に過ぎない。

「ガジ師のおっしゃることに間違いはない！」ガジ師に心酔するタリクの兄が同調した。

「神の厳罰が下される前に、我々自身が堕落している市民を救う義務があるのでは？」と、さらにタリクが言い募る。幼い時にラール・マスジッドへ連れてこられ、いつも兄の後ろでひっそりと目立たなかったタリクが、最近では兄よりも、過激になっている。

「市内のイスラーム的な規律は日増しに緩んでいる。アメリカナイズされた文化・服装。町ではスカートを穿いた女もたまには見かけるぞ。そして自由、民主主義」

「アメリカにとって、都合のよい時のみに振り回す民主主義には、何の意味もないわい」

年長のタリクの兄とバーバルの会話に、周りの神学生たちも聞き耳を立てている。

「そもそも民主主義とは何なのですか？　よく聞く言葉ですが」

年少の神学生が、タリクに身体を寄せ耳元に小声で尋ねた。

「わしもよくは知らん。知っている者はおるか？　民主主義とやらを」

「自由と平等、多数決で物事を決めることを民主主義というらしいです……」と、誰かが小声で答える。

その声に向かってバーバルが、「アッラーは一四〇〇年もの昔から、人間の自由と平等を説いておられる。アメリカの言う自由と平等、民主主義など、せいぜい二〇〇年のものではないか！　神の前では、我々イスラーム教徒はすべて平等だ」と、大声を上げた。

周囲の壁にもたれていた者たちからも、「然り！　アッラーフ・アクバル」と、いっせいに声が上がった。

「アメリカとブッシュは、自分と一部の金持ちのために、欲深くアフガンでの戦闘を続けたがっているだけだと、ガジ師がおっしゃっていた」

タリクがバネ仕掛けのように立ち上がり、右手の拳を突き上げて絶叫した。

「アメリカ・ムルダバード！（アメリカに死を！）」

「金亡者たちにも死を！」

「ブッシュ・ムルダバード！（ブッシュに死を！）」

いっせいに声が湧きあがった。立ち上がって腕を突き上げ、床を踏み鳴らす騒ぎに、何事かと部屋を覗き込み、輪の中に入っていく。

「偉大なるアッラーは多く持つことを戒めておられる。祈りさえすれば、きょう一日に必要な食べ物は与えてくださっているのだ。きょうの食べ物以外に、この上は何を望むのか。兄弟たちよ！　きょう食べられれば、それ以上に望むのは強欲であり、罪悪である」

バーバルが立ち上がり、重々しい説教口調になった。周囲の輪はだんだんと大きくなっていく。

「愚かで欲深く堕落した者たちは、堕落へと向かっている。我々が正しい神の道を教えねば、誰が教えるというのか。神は我々の信仰を試しておられるのだ。堕落者には鉄槌を！　アッラーフ・アクバル！」

バーバルの説教はますます猛々しいものになっていった。

イスラーム化政策を採っていたジア・ウル・ハク大統領（一九七八―一九八八年）の軍事政権が崩壊してから、早や二〇年。イスラーム離れが一層進み、中産階級の堕落ぶりが指摘されて久しい。公序良俗に反する行為への取締りも、警察がするようなことではないとして、見逃されている。現大統領の国内政策には、リベラルだと賛成する知識層もいるが、「イスラーム国家」を標榜しながら、「清浄」というにはほど遠いところにいると、大衆の多くは感じている。

ラール・マスジッドの神学生は、ついに自分たちで「宗教警察」を組織し、街頭に出て綱紀粛正に乗り出した。警察官の中にも、市民にも原理主義的な考え方を持つ者は大勢いる。敬虔な警察官の中には進んで神学生の後押しをする者が出てきた。

■神学校女子部

風紀狩りへの動員は女子部にも及んだ。「宗教警察」の責任者が女子部の責任者に出頭を命じた。女子部の責任者はチャドルで顔を覆い隠し、サングラスで目を覆い、肌が見えぬようにいつも以上の注意を払って慎み深く、「神学校宗教警察」の呼び出しに応じた。

「我々はアッラーのご意志に従い、不浄の輩を改心させるために活動を行う。女子部でも考えてくれ」という要請に、女子部の責任者は長い袖で両手の指先までを隠し、拳を膝の上で握り締め、目を落としたまま背筋を伸ばし、毅然として応えた。

「皆で考えるまでもありません。命じられた通りに従います。アッラーのご意志の実現に私たちも喜んで参加いたします」と。

神学校での生活は、預言者ムハンマッドの生きていた時代、そのままの暮らし方をなぞっているので、質素を旨としている。気温一〇度の真冬でも水シャワーで身体を清める。女子部の子どもたちは緑と白のチェック模様の上着、下は幅広の白いシャルワール《ズボン》だ。何人もが着古した洗い晒しの制服だったが、きちんとアイロンも掛けられている。

大通りからは内部が一切見えないように建てられた神学校。建て増しされ続けたいくつもの寄宿舎兼教室には、一二〇〇人余りの女子神学生が暮らしている。

「ナーレー・タクビール！《皆で唱和しましょう！》　ナーレー・タクビール！　アッラーを皆で讃えましょう！」

女性たちの澄んだ声は一つになり、四棟に囲まれた内庭の中で熱気と共に、天上へと駆け上がっていく。

神学校女子部はラール・マスジッドの最高指導者アジズ師の妻、ウメハサーン師の指導の下にある。一年中、黒い長衣でやや丸い体型を覆っているウメハサーン師は、大ホールの一段高い説話台に立ち、よく響く美しい声で朗誦を行う。声はドーム状の高い天井に響き、跳ね返りこだまして重厚さをさらに増し、少女たちが後を追って唱和する。

ウメハサーン師は、読み上げたコーランの一節を解説していく。

「アッラーの教えを地上に広めるために、人びとに真の自由をもたらすために……時にはイスラーム教徒以外とジハード（聖戦）をする。その目的は、領土や他人の財産を奪うことではない。聖戦は、神が人間に与えた自由と人権を、元の持ち主に返そうという尊い戦いなのです。聖戦の中での女性の役割は……」

少女たちはアラビア語で書かれたコーランの一節ごとの下に、ウルドゥ文字で解説を書き込んでいく。真剣な少女たちの眼差しは、ウメハサーン師から片時も離れることがない。瞬きさえも控える張り詰めた緊張感が漂い、女子学生たちは神からの言葉を食い入るように脳裏に刻んでいく。

別の教室には小さな手指で一文字一文字をたどりながら、アラビア語で書かれたコーランをたどたどしく読み上げる幼い少女たちがいる。お揃いのユニフォームは、篤志家たちの寄付によってまかなわれている。

幼児の時から男女に分かれて学ぶが、全員が身体を前後に軽く揺らし、膨大なコーランの文字を追い続け、美しい抑揚をつけて読誦することに余念がない。早い子で二年、遅くとも数年で、一一四章七万八〇〇〇語からなる、コーランの全文を、一字一句違えることなく子どもたちは暗記する。

田舎で子どもを小学校へ通わせることも出来ず、食うや食わずの貧しい親たちにとっては、三食が与えられ、輝かしいイスラーム教育までつけてもらえる神学校は、神から与えられた恩寵、救いの場なのだ。そしてコーランの暗記・朗誦の試験に合格すれば公式に認証され、人びとから尊敬を受ける。

より一層深くイスラーム神学について学びたいと思う学生には、アーリム（神学者）となる八年間のコースがあり、神学者の最高位、博士課程のムフティを目指すには、さらに二年間の修養と厳格な試験が待ち受けている。神学校は教育の場であると共に、職業訓練の場でもあるのだ。

寄宿舎に入った幼い子どもたちには、半年あるいは一年に一回しか田舎へ帰ることが許されない。

里心がつかないようにとの神学校側の配慮でもある。

■襲撃されたマッサージ・パーラー

神学校の中で気勢を上げていた神学生の一部が街頭に出て、風紀狩りをはじめた。自称にしろ「宗教警察」を名乗る集団に対抗することは出来ない。

「その服装はなんだ？　肌が見えないよう手首までのシャツを着用せよ。お前のTシャツの胸に描かれているのは不浄の犬ではないか、そんな不浄な物を着て出歩くものではない」

「宗教警察」を名乗る神学生のグループは棍棒を携えて徘徊し、シャツのささいな絵柄にまで文句をつけるので、市民も怯えはじめた。神学生の風紀狩りは、ラール・マスジッドの周辺だけではなく、バザールのビデオ・ショップや中国人が経営する風俗店の取り締まりに拡大していった。

首都F８地区。表通りには敷地六〇〇坪の大邸宅が並び、その裏通りには三〇〇坪の高級住宅が立ち並ぶ。門から玄関までのアプローチには、ブーゲンビリアがあふれるように咲き乱れ、どこの家にも専属の庭師がいて、丹念に庭木や花壇の手入れを怠らない。

そんな高級住宅地区の中で、高級レストラン、高級ゲストハウス、ビューティ・パーラー、マッサージ・鍼灸店が看板を揚げることもなく、口コミでやって来る金持ち客だけを相手に商売をしている。首都の住宅地区では商業活動が禁止されている。だが、商業地区では適当な店舗が得られず、あっても古くて汚いビルの一室で、駐車場も確保し難い。

高級住宅地区の賃貸物件は、大抵が退役将軍や医者、弁護士、海外で成功したビジネスマンが大家だ。住宅地区内での商業活動禁止を承知で破格の高値で貸し、自分たちは近郊の住宅地区の借家で暮らしている。経営者が中国人であって、周囲とのトラブルが起こることを承知で貸していることも多い。

信心深いアブドゥラーには、わけのわからない人間が屋敷の周りをウロウロするだけでも許しがたいことだった。エングレーズ《欧米人》に家を貸すのは、まだよいとして、中国人が隣へ来るのだけは、まっぴらだと思っていた。

「中国人には家を貸したがらない人が多いと、主人も言っていましたわ。お隣はどうしたんでしょうね」と、息子の嫁も口を尖らせる。

「隣には何ぞ金の要ることでもあったんじゃろう。中国人どもには相場の五割増し、二年分の家賃を一括払いと言われれば、心が揺らぐ者もおろうよ」

朝夕、糊の効いた服に着替え、五回の礼拝を欠かさない潔癖なアブドゥラーには、隣の乱雑さや不逞な人間の出入りの多さが不快で、腹立ちが収まらない。

「客の来る玄関前には少しの花を植えておるが、後ろの広い庭は芝生を掘り返して、中国野菜の栽培、肥をまく。どれだけの野菜が自給出来るというのじゃ。わが家にまで蝿が増え、ゴキブリやネズミが走るようになった。

アヤツらは壊れた段ボール箱までを捨てようとはせん、箱を二階のバルコニーに積み上げ、いったいどうするつもりじゃ？　せめて自分の住むところはきれいにしたらどうじゃ？」

「いくらお家賃が五割増しだとは言え、いまとなっては中国人に貸したことをお隣の大家さんも後悔しておられるでしょうよ。お二階のバルコニーに吊り下げられた優雅なシャンデリア、あの下で花を愛で、お茶を飲むこともせず、汚い段ボール箱の置き場ですもの。シャンデリアも泣いていることでしょうよ」

隣家では中国人がマッサージ・鍼灸店を経営している。昼間は足を引きずったパキスタン人の金持ち夫人、駐在員らしい外国人が運転手付きの車で乗り付けてくる。

「店主は門番に、鍼灸の勉強に女たちが毎朝、通ってくると言っているらしいが、真相はわからん。全身ブルカの女たち。アヤツどもは夕方売春に出かけ、朝帰りなのかもしれん」と、アブドゥラーは想像を膨らませ、不快さを増幅させている。

「このイスラーム清浄《せいじょう》なる国で売春などと、口に出すのもおぞましいわい。ブルカやアバヤで全身は隠せても、ビーズの付いたサンダルを履き、裾にレースの付いた幅狭いシャルワール《ズボン》を穿いている女どもの足元までは隠せんわい。

アッラーは『姦通や婚外性交に近づいてはならぬ、それは醜行であり悪の道である』とおっしゃっている。『結婚への手だてが見つからぬ者は、アッラーの恵みにより、その手だてが与えられるまでは自制すべし』とも、おっしゃっておられる。許しがたい中国人どもじゃ。あいつらのせいで、一日五回のわしの礼拝が穢される。わが家の嫁や娘たちまでが、近所から変な目で見られるのではあるまいか。あぁ～たまらんぞ」

アブドゥラーは嫁や孫娘にも当たり散らす。

「お前たちは知るまいが、アヤツらの家の中には、商売繁盛というお札があちこちに掲げられていると聞いたぞ。毎日それに向かって頭を下げるンだと。アッラーを敬わずに金を敬う、なんという強欲で恥知らずな人間どもじゃ。アヤツらの汚らわしい目に留まらぬように、ベランダへも絶対に出るなよ！」

「お舅《とう》父さま、言われなくとも弁えております。私どもは誇り高いパシュトゥーンです、表へ出るなど一切ございませんわ。隣の中国人からも姿を見られないように暮らしておりますとも。嫁入り前の娘たちには恥ずかしいことでございます」

「あぁ～、この歳になって、金を敬い金のために働く卑しいアヤツらと隣同士で暮らさねばならんとは、なんたる不運。首都開発公社は何をしておるのか？　首都警察も腐っとる。汚らわしい商売をしている異教徒どもの行為を見て見ぬふりをしておる奴らがおる。小遣いをもらって目こぼしをしている不浄役人や警察官おる。上が上なら下まで緩ンでおるわい。酒を飲むような者は大統領といえども信用が出来ん……」

アブドゥラーは電話機を手元に引き寄せた。

「アッサラーム・ア・レイコム。ラール・マスジッドへ電話をしているのじゃが」

「ワァレイコム・アッサラーム。こちらはラール・マスジッドです」

「宗教警察の責任者と話をしたい。わしはF8の住宅に住む信心深い者じゃが……」

「中国飯店へ親しい外国人記者と行ったら、超ミニスカートの中国女が俺に覆い被さるようにして耳元で料理の注文を取るのさ。目のやり場にも困ったし、ドキドキしたぜ」

英字新聞の記者が目を剥き、身振りで自分の驚いた体験をウルドゥ語新聞の記者に話す。

「中国飯店だけではないぜ。紹介者がいればマッサージ・パーラーだって階下で通常の営業、二階で特別の営業をするのさ」

ウルドゥ語新聞の記者たちが含み笑いをしながら補足する。

「外交特権があることをいいことに、やりたい放題の中国人外交官もいるそうだ。あのマッサージ・パーラーのバックには、中国大使館の書記官がいるという噂だが、売春が事実でも記事には出来ないな」

「神学生たちが派手にやらかせば、堂々と大きな記事に出来るのだがなぁ」

英字新聞の記者が口ごもりながら言うと、記者たちは意味ありげに笑った。

「いかがわしいビジネスが成り立っているということは、それなりに需要があるということだ。政府開発援助がらみのプロジェクトに接待はつきものだよ。接待は外交官の仕事の内だ」

「ハニートラップか、お家芸だな……」

新聞記者たちは、大使館絡みのネタが記事に出来ないことを悔しがった。


金曜礼拝の後、女子部のリーダーが「汚らしい、神を恐れぬ中国人の店を摘発し、周囲にも自分の厚い信仰心を見せねばならない」と、扇動した。アッラーを恐れぬ人間が、たとえ外国人といえどもパキスタンに暮らしていることを許してはならない。間違った道におちいっている者は中国人であっても教え諭さなければならない。正しい心を持ちアッラーを敬うようになれば、その中国人も天国へ行けることだろう。それが正しいムサリマーン《イスラーム教徒》に課せられた神のご意志だと。

夕暮れと同時に、マッサージ・パーラーへは五〇人の男子神学生と一〇人の女子神学生が押し寄せた。近所からの邪魔者が入らないようにと、神学生を支持する敬虔な警官たちが遠巻きに、神学生たちを警護していた。

街灯や門燈が消され、神学生たちの白や緑色のターバンと、白い服だけが浮いて見えた。女子神学生は黒いアバヤを着て全身を覆い、目だけを出している。遠くからの街灯に反射するのか、時折り目だけが光って見えた。多くの者は手に手に棍棒を持っている。

長い髭をたくわえた神学生の一人が表門の前に立ち、呼び鈴を押す。二階の窓のカーテンがチラリと揺れ、細い光が一瞬だけもれた。

店を襲う前に神学生の調査隊が選抜され、マッサージ・パーラーに出入りする客の徹底的な調査がなされていた。店から出てきたポンビキのパキスタン人を尾行して、店内でやられていること告発させた。別の部隊はパキスタン人経営のＤＶＤショップの内偵を行なった。客としてＤＶＤを借りにいく者、周辺へ聞き込みをかける者、客を追跡した者もいた。「六月一日、Ｇ９地区、通称カラチ・カンパニーのＤＶＤショップ。『眠れない夜』を貸し出した」など、時間を持て余している彼らは何週間もかけて、害毒流布の実態を追跡し、すでに神学生たちは一〇軒のビデオ・ショップの焼き討ち、襲撃で成果を上げていた。

当初、中国人の経営者は、「外国人の私たちを襲えば大変なことになる。わしらには中国政府が付いておる。まず、酷いことにはなるまいよ」と、大して心配もしていなかった。

マッサージ・パーラーの経営者はカーテンの隙間から窓の外を眺め、集まっている神学生の多さにあわてた。門番も手に手に棍棒を持った神学生を見るなり、棘のある生け垣であることも忘れ、痩せた身体を垣根の隙間から裏通りへ押し出し、暗闇に姿を消してしまった。近所の家もすべてが明かりを落とし、窓の隙間からマッサージ・パーラーを窺っている。商売に出ていない店の中に居残っていた中国女たちは、暗闇の中に監禁状態になった。

緑色のターバンを巻いた男が、この一カ月あまりで調べ上げた数々の事実を、門の外で声高く読み上げた。ウルドゥ語かアラビア語だか判然としない。だが、近所の住人たちにも抑揚を付けて読み上げる大声は聞こえた。

罪状を読み上げた声が止み、三〇分待っても中からの応答がないと、神学生たちの半数が門扉を乗り越えた。

神学生たちは中庭で、さらに三〇分の間じっと待った。家内は静まったままだ。神学生のリーダーが「行動開始」の合図に右手を挙げ、大柄な神学生二人が揃って玄関ドアに二度体当たりすると、ドアが激しい音を立て中央で弾けるように開いた。

玄関内にはけばけばしく、安っぽい中国風の壁掛けがいくつも下がる。押しかけた神学生の半分は家の中へ突入し、手当たり次第に室内の調度をたたき落とした。持て余していた若いエネルギーは捌け口を見つけ、何かが乗り移ったように荒れ狂った。取り澄ましてコーランの朗誦をしている静かな佇まいとは大違いだった。

「アッラーの御名によって、汚らわしき中国マッサージの店主たちを成敗する……」

各自の手にある太い棍棒は、あらゆるものをたたき、突き、狂ったように破壊する。女子神学生たちは、身体をすっぽり覆っている長い黒衣のアバヤが裾にまとわり付き、大股では動けない。それでも全員が足早に一メートル半もの棍棒を手に部屋をめぐり、家具を壊して回る。

壁に掛けられた大きな鏡が割れ、大音響と共に欠片を辺りへ弾き飛ばした。台所でも食器や鍋が激しい音をまき散らしている。使用人部屋の汚れた布の下に隠れていた中国女が五人引きずり出された。

「我々が声をかけ、門の外で待っている時に出てくればよかったのだ。そこで改心しアッラーを讃えればよかったものを。愚か者め」

リーダー格の神学生が憎しみを込めて怒鳴る。

中国人の主人は隠れていた裏の物置から、その妻は階段下の物置から引きずり出された。固まって隠れていた五人の女たちは髪の毛を振り乱し、泣きながらも、甲高い中国語で喚き散らして抗議をしている。妻と女たちは神学生に棍棒で殴られ、顔を殴られた者の鼻は潰れ、唇も切れた。ゴキンと鈍い音と共に、口元から歯が飛んだ女もいる。狂気の棍棒が打ち下ろされ続き、くぐもった絶叫が近所中へ響き渡る。

診療室にかかった人体図や、「一陽来福」「財源廣集」などの札はすべて神学生たちによって引きちぎられ、踏みつけられた。

「思い知ったか、中国の守銭奴め！　アッラーフ・アクバル！」

「おお！　針がある、神を敬わない奴に罰を下すのには一番だ。使わない手はないぞ」

診療デスクの上に並べられた治療針と脱脂綿。一人の神学生が無造作に針を手にした。鍼の専門家である主人は自らの医療針で片目を刺され、断末魔の悲鳴を上げ気絶した末に捨て置かれた。暴れるだけ暴れた神学生たちは、意気揚揚と神の御名を唱えながら四人の中国女を拉致してラール・マスジッドに戻った。徹底的な蛮行だったが、普段から近隣の鼻つまみ者だったマッサージ・パーラーの経営者には、同情する近所の者はなかった。

■事件の顛末

ついに経営者とその妻、出張売春に携わっていた中国女がマッサージ・パーラーに押し入った神学生に痛めつけられた。五人の売春婦はラール・マスジッドに拉致され、手引をしていたポンビキ男の二人もこっぴどく打ち据えられた。最終的に神学生たちが拉致したのは六人の売春婦と、三人のポン引きだった。

中国大使館の一室では、このマッサージ・パーラーの後ろ盾になっていたと噂の一等書記官が爪を噛みながらいらだっていた。

「野蛮な神学生どもには、今後のためにも目にモノを見せてやらねばならん。我々、中華の民をないがしろにすればどうなることかを、パキスタン政府に思い知らせてやる！　パキスタン政府は、神に仕える学生どもの仕業だから大目にと言うが、絶対に許すわけにはいかん」


パキスタン内務省の一室では次官が中国大使館からの厳重な抗議文に、うろたえていた。

「神学生どもが『預言者ムハンマッド（彼に平安あれ）時代の暮らしに戻ろう、イスラーム法の導入を』と、神学校の前で叫んでいるだけならかまわん。だが、中国人を襲撃したとなると、放置しておくわけにはいかん。中国はパキスタンの後ろ盾じゃ。いざ、インドとの戦争になれば、頼る相手は中国しかない。わが国にとっての最友好国・最大支援国を怒らせるわけにはいかんぞ！」

中国政府の強硬な姿勢には、次官補も頭を抱えていた。

「神学生たちの最近の行動は度が過ぎます。断固、対処をしなければならんのでしょうが、相手が神学生では……。次官、対処につきご指示を」

内務省次官は、デスク上に置かれたパキスタン国旗と、デスクの前で身を縮めている次官補を一瞥みし、口を閉じたまま思案を続けた。

「相手はイスラーム法を盾に取る神学生だ。心を据えてかからねばならんぞ。大統領閣下にも申し上げねばならんが、気の重い話じゃ。次官補、関係者に連絡しろ」

次官補がデスクの電話を取り上げ、第二秘書に命じた。

「ラール・マスジッドの中に拉致されている、汚らわしい中国女五人は、直ぐにも取り戻さねばならん。首都警察長官と治安警察の責任者を呼べ。ラール・マスジッドとは穏便のやりとりを考えねばならん。宗教省の次官も交えて内務省次官室で緊急会議だと伝えろ」

どういう話し合いになったのか、神学生たちは首都警察の要請にはスンナリと応じ、中国女たちを三〇時間ばかりの監禁で解放した。中国女たちは、「汚らわしい仕事から足を洗い、心を入れ替え、アッラーを敬うように」という訓諭を受けた上で頭を丸刈りにされ、ラール・マスジッドから表通りへ放り出された。樹林の中でやぶ蚊に食われながら、ことの成り行きを見守っていた首都中の新聞記者やカメラマンが、ラール・マスジッドから転げ出てきた中国女たちの写真を撮りまくった。


官公庁に近いオフィス街にはチャイハナが朝早くから店を開けている。チャイのカップを手にしたまま、多くが新聞の周りに集まり、大見出しと写真を覗きこむ。

「丸坊主にされた中国女は五人か」

「ラール・マスジッドの神学生たち。立派、立派」

何人からか拍手と共に笑いが起こる。

「本来、首都警察が取り締まるべきだったのだ。中国人が増えてからだぜ。これまで売春なんて話がイスラマバードで出たことはなかったのに」

「中国人たちは、国内に仕事がないらしい。だからパキスタンにまで出稼ぎに来ているってな」

「とにかく中国人が多くなってから、ややこしい話が増えた」

「中国は人口が一四億人だ。中国も都会以外には仕事がない。国策としてアフリカへまでも末端の労働者を連れていくって聞いたぜ」

「労働者と言えば聞こえがよいが、アフリカにまで連れていかれる単純労働者は、囚人だってよ」

「過酷な現地での労働、死んでも惜しくはない命。おまけに賃金はほとんど支払われないらしいな……。いろいろな意味ですごい国だな、中国は」

「一四億人もいる不幸だな」

「人口減らしも国策の一つだというからな。中国では」


「思い切ってラール・マスジッドの宗教警察へ電話をした甲斐があったというもンじゃ、ようやく周辺に胡乱な奴らがいなくなった。やれやれ有り難や！　これで心置きなく礼拝が出来る」

アブドゥラーは嫁や、嫁入り前の孫娘たちを守れて安堵した。口元に手を当て、太った身体を少し揺すって嫁も笑顔を見せた。

「お隣さんも不動産屋などに任せず、借家人を選ぶべきですわ。これで二度と中国人などに家を貸す気にはならないでしょうよ」

「賃貸契約は『元へ戻して返すこと』になっておる。隣は損をしておらん。不動産屋は修理の手数料も稼いでおる。とにかく、隣の主人か、代理の不動産屋が来たら、厳重に注意をせねばならん。厄介事は二度とごめんじゃ」

ようやく敬虔な周辺住民が願った通りの、静かな住宅地に戻った。

「まさにアッラーは全能だ。空気までが清々しいわい」と、アブドゥラーたちは大満足だ。

■アハマッド宅のリビングルーム

つい先年、情報省次官補を最後に退職したアハマッドは、上級官僚の息子カムランの官舎に同居している。三人の孫の守りと、日に五回の静かな心ゆくまでの礼拝。大きなソファに腰を落ち着けて世界情勢をテレビで見る。新聞の隅々にまで目を通すことと、使用人たちの監督をするだけの、満ち足りた余生を送っている。

だが、今夜もテレビを睨みつけながらアハマッドは息子二人を相手に世情についての憤懣をもらしはじめた。

「お前たちには年寄りの愚痴に聞こえるだろうが、どう考えてもアメリカのやり方は勝手過ぎるぞ。そう思うだろう？」

「父さん、いまやパキスタンでは二人以上が寄ればかならずアメリカに対する不平不満ですよ」

次男のイジャーズも苦笑いする。

「アメリカは、世界の民主化を促進するために、虐げられている民衆を救うためにとの大義名分をいつも掲げておる。大義名分は立派じゃが、その実、アメリカは世界各地に紛争をまき散らしておるだけじゃ」

アハマッドの家では、ＣＮＮやＢＢＣなど海外の主要なテレビチャンネルだけではなく、三〇〇チャンネルが受信出来る大きなパラボラアンテナを屋上に広げている。情報省の役人だった特権だが、現役時代から各国の報道番組を見くらべて考えるアハマッドと息子たちの、世界に対する知識は豊富で、底も深い。

「確かにアメリカは民主主義国家で、言論をはじめ個人の自由も確保されておる。アメリカ人も個人個人は好人物が多い。だが、アメリカのなりふりを構わぬ自国の利益追求政策には、辟易することが多いのじゃ」

ベトナム戦争がアメリカとソ連の代理戦争だったように、一九八〇年から九〇年代にかけてソ連と戦ったアフガンのムジャヒディーン《イスラーム聖戦士》も、アメリカの代理兵士だった。一〇年間で数百億個という弾丸、数十万丁という武器が、アメリカによってアフガンへ運び込まれた。

ムジャヒディーンたちは、アメリカで開発されたばかりの最新兵器スティンガー（赤外線誘導低高度・短距離地対空ミサイル。一人で肩に担いで運搬、発射可能）の使いかたをアメリカ軍から教えられた。そのスティンガーが、ソ連の戦闘機を撃ち落として空からの攻撃を防ぎ、戦いを有利にしてムジャヒディーンに勝利をもたらした。ソ連はアフガンの荒野でゲリラ戦を強いられて消耗し、共産主義帝国の崩壊へと繋がった。

「そもそもムジャヒディーンがアフガンからソ連軍を追い出そうとした時、アメリカはその背後で何をしたか！」

「アメリカはムジャヒディーンへの支援という名目で、大量の武器・弾薬をアフガンで消費し、自国の軍産複合体を潤してきたんですよ」

アメリカはアフガンのムジャヒディーンに一〇年間にわたって想像を絶する量の武器・弾薬を供給し続けた事実を明らかにしようともしない。「カラシニコフ一丁が四万アフガニー（二〇万円）もする、銃弾だって一発四アフガニー（二〇円）もする。連射をすれば一分間に六〇〇発で二四〇〇アフガニー（一万二〇〇〇円）だ。一家族一カ月一〇〇〇アフガニー（五〇〇〇円）くらいで暮らすアフガン人に武器・弾薬を調達する金があるはずはありませんよ」と、長男が言い添えた。

「一時は三〇万人ものムジャヒディーンがカラシニコフを手にしてソ連と戦った。その武器はすべて、アフガンやパキスタン国境に暮らす人間たちの手に残ったままじゃ」

その結果、アメリカ自身がアフガンとパキスタンの国境地帯に暮らす者たちを強力なイスラーム武装勢力に育ててしまった。その事実にアメリカは口を拭って知らん顔をしている。アメリカは常に都合のよい現地の勢力と結びつき、世界各地で武装勢力を育て、紛争を煽ってきた。

「アメリカが都合よく忘れたがっても、記憶している人間は世界中にたくさんいますよ」次男が言うと長男が頷いた。

「アメリカは悪いことはすべてアフガンやパキスタン部族社会のせいにしておる。わしもパシュトゥーン族じゃ。アメリカの勝手な言い分が許せん。住民に夥しい武器弾薬を手渡し、戦い方までを教えたのはアメリカのくせにのぅ。確かにジア・ウル・ハク大統領時代のパキスタン政府はアメリカの片棒を担いだ。今度はアメリカの思うままに動かなくなった武装勢力を、パキスタン政府の責任で殲滅せよだと。勝手過ぎるぞ、アメリカは」

「ムジャヒディーンの多くは、武器・弾薬がどこから来たか？　なんて、考えもしなかったと思いますよ。すべて神の恩寵だと思っていたことでしょう。彼らはソ連と戦ったのではなく、イスラームを認めない共産主義と戦ったのですからね」

「その通りじゃよ。いまは、イスラーム教を時代遅れの邪宗のように言うアメリカと戦っておるのじゃ。そんなことは我々パキスタン人、そして世界中の良識あるイスラーム教徒、皆の知るところじゃ」

アハマッドは遠い目をして、荒れ地に暮らすパシュトゥーンたちに思いを馳せた。アフガンやパキスタンの荒野を指の出た破けた靴や壊れかけのサンダル、時には裸足で走り回っているムジャヒディーンたちの姿を。ムジャヒディーンたちは充分な食べ物も水もなく、一週間も前に焼いた固いナーンを懐に入れ、荒れ地に生える貧弱な野生のネギ一本にも神への感謝を捧げ、小川で渇きを潤し、一日五回の礼拝を欠かさず、神のために共産主義ソ連と戦っていたのだ。

いま、ムジャヒディーンは欧米のマスコミによってタリバーンと呼び名を変えられてしまったが、イスラームを敵視する欧米との戦いに挑んでいる。アメリカはイランのパーレビィ国王、イラクのフセイン大統領、リビアのカダフィ大佐へも長期にわたって莫大な経済・軍事支援を続けた。その後アメリカの言いなりにならなくなったら、現地に紛争の種を播き、内戦を起こしてそれを攻撃、殲滅する側に回った。

■理不尽なアメリカの政府

一九九八年、パキスタンはインドに対抗して核実験を強行し、世界から経済制裁を受けた。その後、悪化していた国際社会との関係を、アメリカのブッシュ政権に追随することで改善しようと、パキスタンはアメリカが提唱した「対テロ戦争」に参加し、対テロ戦争の矢面に立った。パキスタンは経済的かつ人的犠牲を払っただけでなく、国内はイスラームを軸とし、左右に大きく割れた。

「アメリカの内政干渉によって、わがパキスタンは振り回されておる。アメリカはどれだけ理不尽なことを言ってきおったか！　カムラン、お前もそう思うだろう」と、アハマッドは官僚の息子に向かってやり場のない怒りを吐き出した。

「もちろん、忘れようとしても忘れられませんよ」

「アメリカは自国に二〇〇〇発以上の戦略核弾頭を保有しておる。ロシアも二千数百発以上を保有しておる。そのくせに我々には保有させせないだと！」

アハマッドの怒りはパキスタンの全国民、そして世界中のイスラーム教徒に共通している怒りだ。核兵器保有の資格を国際的に認められているのは米英露中仏の五大国のみだという、手前勝手な主張が腹に据えかねているのだ。アメリカはイスラエルが核弾頭を二〇〇発以上持っていることに関しては忠実な同盟国だからと黙認するご都合主義。そのダブルスタンダードが納得出来ないのだ。

核実験を咎めた国際社会からの経済制裁で、パキスタンの経済は一五年も逆戻りしたと言われている。バザールから輸入物は消え、燃料、諸物価は高騰をした。

「インドが核を持つことには何も言わず、原子炉開発の手助けまでした。だが、危険なイスラーム教徒の国には持つことを禁ずると。これもアメリカ流の勝手な理屈じゃ」

「イスラーム教徒に核を持たせれば危険だからと。そんな理屈が通りますか？」

「覚えておるか、カムラン？　いつぞやはブッシュの手先、禿デブっちょの副国務長官が特使としてパキスタンへ来て、わが大統領閣下に向かって、『パキスタンは石器時代に戻るのか、対テロ戦争に参加する方を選ぶのか？』と言いよった。翌日の新聞報道、第一面の記事を見てわしは腹が煮え繰り返ったわい。なんたる言いぐさ、侮辱」

「僕もはっきり覚えています。大学へ入ったばかりの頃で教室でもその話ばかりだったから。石器時代に戻してやるという傲岸なフレーズは、ベトナム戦争時に当時の米空軍参謀総長も言ったと、教授があきれていましたよ」

「そうか、奴らはベトナムでも同じことを言ったのか。だがその侮辱を、国や国民のことを思えば拒否出来なかった大統領閣下のお気持ち、それを思うだけで痛ましい」

「アメリカは自分たちが傲慢だとは、思っていないでしょうね」と、官僚のカムランは第三者的な口ぶりになる。

アハマッドは印パ核実験後や、九・一一同時多発テロ直後のアメリカの対応のことごとくを苦々しく思い出し、手のひらを額に当て、ため息と共に目をつぶって大きなソファに沈み込んだ。

「パキスタンの治安や経済が不安定になるのは、確かにわがパキスタンの弱体性にある。政府も国民も不甲斐ない。アメリカによる内政干渉もある。弱小国には国家としての主権は認められンのかのぅ」

「私も同じ思いです。だからこそ我々パキスタンは強くなりたい、力をつけたい。インドが核を持つのなら我々も。第一、抑止力としての核を持たなければ危険だと、切実に思ったわけなンですけどね」

「強い国々には弱小国家の悲哀は絶対にわからンだろうて」と、アハマッドは天を仰ぎ、深く息を吐くように言葉を絞りだした。

「強い者には弱い者の気持ちなど、想像も出来ないということでしょう」

「アメリカには、世界の安定だとか平和構築だとか、小指の先ほどもありませんよ。自国の利益のために、戦争をしたがっているだけなンです。世界中で紛争を巻き起こし戦争をすることで武器を開発・消費し、アメリカの経済は成り立っていく。軍需産業に投資するブッシュ大統領一家も大儲けが出来るンです」

「その通りじゃ。我々イスラーム教徒と違って、あいつらは欲望のかたまりじゃ。アメリカ猿の多くは常にアルコールを飲む、そのせいで頭の中が腐っておるンじゃろうて。清浄なる我らイスラーム教徒とは大違いじゃ」

「ブッシュはアル中だと言いますね。欲ボケとアル中では正常な思考が出来ているとも思えません。それを承知で、ブッシュをうまく使いこなすことが出来る超権力がアメリカにはあるんですね」

「悲しいことに我々にはなんとも出来ん。だから、武装勢力がテロを行い、アメリカに一矢報いたいと思うのを、無碍には否定出来ん時があるわい」アハマッドは息子たち以外に聞いている者がいない家中でも、声を潜めた。

「ここだけの話ですが、私だってテロリストの行動に、喝采を送りたい時がありますよ。もっとも一般市民が巻き込まれるのは、絶対に許しがたいとは思いますがね」と、苦笑気味の顔を隠さず長男も言った。

「アッラーの厳罰がアメリカに下りますように。そう祈るしかないのでしょう。中にはバット大統領閣下に対してもそう思っている国民がいるかもしれません」と、次男が現実的な思いを口にした。

「イジャーズ、口に出せば問題になるのだぞ、気をつけろよ」

「神よ、我々とパキスタンを守りたまえ。アミーン《アーメン》」アハマッドは両手のひらを上に向け顔の前で揃え、目を閉じて神への祈りの言葉を静かに唱えはじめた。二人の息子も父に倣って祈りを唱えた。

「バット大統領閣下は国民の多くから批判をされながらも、アメリカの後押しで基盤を固め、独裁的になっておられます。最近ではもう誰の言葉にも耳を傾けない状態だと役所内でも噂になっています」

「それどころか、アッラーを敬う心にも欠けているそうじゃ。おおっぴらに酒まで飲むようになられ、そのせいで欧米からは開明的、リベラルな大統領と思われておるらしいがのぅ」

「お酒でも飲まねばやりきれないというほどに殊勝ならば、まだ大統領閣下にも救いがお有りになるかもしれませんがね」と、長男が言い添えた。

一九九九年秋、バット陸軍参謀総長は外遊を終えてパキスタンへの帰着時、ソリの合わなかったシャリフ首相からカラチ空港への着陸を拒否された。機体に残る燃料はなく、生命の危機におちいったバット陸軍参謀総長は、機内から軍部へ「シャリフ追い落とし。軍事クーデター」の指令を放った。

汚職まみれだったシャリフ政権に代わり、パキスタンの舵取りを開始して二年足らず。ようやく政権運営の自信らしきものが出はじめていた矢先に、九・一一同時多発テロ事件が起こった。

バット大統領は言葉を詰まらせ、詰まらせ、言い淀みながら国営テレビカメラの前からパキスタン全国民に、アメリカの「テロとの戦い」に同調せざるを得なかった旨を説明した。

「わが全国民の思いと同じく、イスラーム同胞国のアフガンを擁護・支援したいのは山々である。オサマ・ビン・ラディンが同時多発テロの実行犯であるかどうか、我々自身には確証もない。しかし我々が隣国のアフガンと足並みを揃えても、強大国アメリカに逆らって勝てるわけはない。私が無念の思いを噛み締めながら、アメリカに追随するのを理解して欲しい。言うまでもなくわが国はアメリカからも多大の支援を受けている。その支援が滞れば、パキスタン国民の生活全体にも支障が出るわけであるからして……」

バット大統領は演説の間中、眉毛をひそめて困ったような表情を隠そうともしなかった。パキスタンは日本の二倍以上の面積を持つが、不運なことにアフガンの東隣に位置し、敵対国インドとの間に挟まれ常に背後を脅かされている。この不運な地勢上の理由によって、バット大統領はアメリカに逆らえずパキスタン国の存亡をかけてブッシュの言い分を飲んだ。以降、アメリカからの無理難題は続いている。

バット大統領の演説を聞いた全国民のほとんどが降って湧いた不運に歯噛みしたが、現状を受け入れるより術はなかった。だがパキスタン国軍兵士の多くはパシュトゥーン族の出身者で、アフガンには親戚、一族郎党の多くが暮らす。両国をまたいで行き来し、商売をしている者も多い。同時に彼らは敬虔なるイスラーム教徒でもある。

反米イスラーム勢力を構成するアフガン人のほとんどがパシュトゥーン族である。イスラームの同胞、血族同士であることからも、パキスタン兵士の側に反政府武装勢力・イスラーム過激派を真剣に攻撃しようとする気運はほとんどない。むしろ、強大なアメリカに一矢を打ち込んだとされているオサマ・ビン・ラディンは、パシュトゥーンにとっては勇者だった。

「掟」に従い、窮鳥が懐へ入ってきたら、敵であっても助ける侠気を持つのがパシュトゥーン族だ。オサマ・ビン・ラディンを匿いこそすれ、密告し、捕獲に手を貸そうなどという不埒者があるわけもない。もし、掟に反する不心得者がいたならば、パシュトゥーン全体の不名誉になる。

■七月三日　突然の銃撃

ラール・マスジッドはパキスタンの首都、イスラマバードの中心部にある。大統領官邸や国会、外務省など官公庁街は東に四キロメートル、各国大使館が並ぶ「大使館通り」までは二キロメートルもない。

ラール・マスジッドは周囲を三メートルもの高塀に囲まれ、街路から敷地内を覗き見ることが出来ない。ラール・マスジッドの上部外壁とドーム。二本のミナレット《尖塔》の他には背高い八棟の神学校が見えるだけだ。

敷地内の真ん中、白大理石造りの池の周辺には、穢れた身体を礼拝前に浄められるようにと、腰高仕切の簡素な洗い場が二〇カ所ばかり設えられている。

七月三日の昼。丈二は神学校の寄宿舎を後に、池に面した回廊まで出てきた。吹き抜けるわずかな風で、寄宿舎内に淀んでいた若い男たちの汗と脂の濃い体臭が拡散する。熱気で炙られた大気を通して池の水面は揺らいで見えた。四四度もあった六月半ばより気温は下がったが、大理石の表面は確実に六〇度を超えている。柔な日本人の素足では石畳の上を歩けない。丈二は、汗で身体に張り付いたパキスタン服の両脇下を指で摘まみ、前後に揺すって身体に風を入れた。神学生を真似て頭に巻きつけた白黒格子模様の綿布ルミアール《被り物の布》も汗を吸っている。

突然、ラール・マスジッドの外で乾いた破裂音が連続して聞こえ、池の横にある第二正門が弾けるように全開した。何十人もの神学生が外から広場に走り込んできた。普段の静けさをかなぐり捨て、無遠慮な奇声を上げている。寄宿舎内にいた神学生が第二正門へ向かって走り出し、外から逃げ込んでくる者とぶつかり、跳ね飛ばされ、池の周辺はたちまち大混乱におちいった。

「ジョージ、部屋に戻れ!」

ラヒームが駆け寄って来て丈二の腕を掴み、思いっきり引っぱった。腕を掴まれたまま壁に押しつけられ、ラヒームの濃い体臭が鼻を刺す。斜め上を見上げると、寄宿舎のドアを一つ一つたたき、騒ぎを伝える者の姿が見えた。地上階から上階へと騒ぎが伝わっていく。

何事が起こったのか。アシムの簡単な英語では、門の外で起きている騒ぎがわからなかった。だが、右手を耳の横に上げピストルの引き金を引く真似と、ラヒームの「ポリス、ポリス」の言葉で、ラール・マスジッドの門前で警察と学生との小競り合いが起こっているらしいことがわかった。

アハマッドが住む官舎地区でも短い連射音が聞こえた。

カラスでも追い払っているのか? 子どもたちの鳴らす爆竹か? 結婚式の祝砲にしても昼間から派手に撃ち過ぎだ。近ごろの若い者には節操がないと、アハマッドは嘆いた。

首都では、銃を撃つことが禁止されている。アハマッドはさまざまな予想を一瞬のうちに打ち消し、改めて官舎まで聞こえてくる音に耳をそばだてた。

スピーカーを通し、女たちの甲高いシュプレヒコールが常とは違った激しさで部屋の中に入ってきた。

「門番！　門を下ろせ！」

アハマッドは官舎のすべての扉を閉じさせ、窓にも鍵をかけ、厚手と薄手のカーテン二枚も下ろさせた。ぶ厚いカーテンのせいで、外での騒音は少し聞き取り難くなったが、甲高い救急車のサイレンは鮮明に聞こえている。遠くから何台も走り寄ってくる救急車のサイレンに重なり、警察車輌の緊迫したサイレン音も響いてくる。

「バット・ムルダバード！《バット大統領に死を！》」

「アメリカ・ムルダバード！《アメリカに死を！》」

弾けるような女の鋭い声がスピーカーから流れ、それに被せるように乾いて甲高い小火器の連射音がした。

アハマッドは屋上へ駆け上がろうとした。退職してストレスから解放されたせいか、二年近くで増えた体重がわずかな昇りでこたえた。心臓の動悸も酷い。二階の踊り場でもつれた足を止め、息継ぎをしながら手すりを掴んで屋上に出た。心臓の激しい動悸に、無意味なことで騒ぎたてる神学生のせいだと、思わず舌打ちが出た。

屋上から二〇〇メートルばかり先、ラール・マスジッドの方向に黒煙が立ち上っていた。あの辺りには三階建て二棟の首都開発公社ビルがある。アハマッドは庭にいた小間使いに声をかけ、見てくるように命じた。爪先立ちで門の外を睨んでいた門番が脇門の閂を外す。小間使いがすばやく脇門から滑り出た。両腕を「犬かき」でもするように振りながら、小走りにすっ飛んでいく。「何をするにも普段は超スローなあいつが、走っていきよるわ。あいつの走るのをはじめて見たわい」アハマッドは半ばあきれ、苦笑いをもらした。

門番が閂を軋らせ、再び脇門を閉じるその音が屋上にまで響いた。一五〇〇坪の敷地に建つ官舎の周囲は、直径八〇センチを超す見事な街路樹に囲まれ、あたりの喧騒を寄せ付けない。官舎から神学校まではわずか二〇〇メートルばかりなのに、鬱蒼と育った背高いユーカリなどの街路樹も重なり合い、見通すことが出来なかった。

しばらくすると、小間使いが戻ってきた。「神学生たちが大通りに何百人も出て、ラール・マスジッド前の広場に陣取る治安警官に石を投げていました。覆面をしてピストルを空へ向けて連射している神学生もたくさんいました。道路で倒れたまま動かない人が何人もいました」と、片手で汗を拭いながら息を弾ませる。

「テレビをつけてみろ、ジオテレビのニュースなら、何かを放映しているかもしれんぞ」

ジオテレビはラール・マスジッドのほぼ正面にカメラを備え付けていた。普段から注意を怠っていなかったラール・マスジッド。局からラール・マスジッドまでの距離はわずか八〇〇メートル。騒動を聞きつけたスタッフたちが機材を担いで飛び出し、タイミングよく実況中継に入ったらしい。

テレビ画面には銃撃音やどよめく喚声と共に、女子神学生たちがシュプレヒコールする姿が映し出された。

「パキスタンの犬（警官）はラール・マスジッドの前から消え失せろ!!」

「パキスタン政府は、イスラーム法を導入せよ!!」

カメラマンは大通りで暴発している数百人の神学生たちや、全身を黒いアバヤで覆い、チャドルを深く被って目だけを出した女子神学生たち三〇人余りの姿をくまなく捉えている。治安警察隊が女を撃つことはないと信じているのか、太い棍棒を突き上げ警官隊に向かって挑発をしている者もいる。

その姿は「黒いてるてる坊主」が棍棒を振り上げているようだ。

テレビのレポーターも神学生と治安警察との応戦を早口でまくし立て、自身も興奮を隠さない。

「信じられん！　見ろ！　見ろ！　首都開発公社のビルに向かって、火炎瓶を投げはじめたバカ共が何人もおるぞ。アヤツらはいったい何を考えておるンじゃ？　火炎瓶なんぞをいつ用意しおったのじゃ！」

ジオテレビはニュース専門の民放局で、首都圏の出来事ならば直ちに生中継で放映する。真実を国民に知られたくない政府にとっては、不都合な存在でもある。現政権には常日頃から目の敵とされ、他の民放局とはくらべものにならない弾圧を受けている。

テレビの画面からは、ラール・マスジッド前の二車線通りを挟んで向かい側にある、三階建ての首都開発公社ビル二棟が、共に黒煙を噴き上げているのが見える。年間降雨量が五〇〇ミリ程度のイスラマバードには、充分な防火用水や消火の設備はない。

黒煙がたちまち炎に変わり、レンガ造りの建物の窓から舌なめずりするような赤い炎が外へ噴き出した。アハマッドの後ろで、テレビを覗き込んで見ていた使用人も悲鳴をあげた。

「あぁ！　広場に駐車してある車へも燃え移って行きますです。なんてことでございましょう。旦那さま！」

「イスラーム過激派のジャッヘル《野蛮人》どもめが……」

一時間近くが経過した。軽機関銃のリズミカルな音に混じって腹に響く重爆音が空気を揺るがせはじめた。重爆音がするたびに、ユーカリの樹にいた何十羽ものカラスがいっせいに空へ舞い上がり、再びユーカリの樹に舞い降りるのを繰り返す。

一九七九年一一月、メッカ占拠の波紋が世界へ広がり、「反米」の火の手がパキスタンでも上がった。その折のアメリカ大使館への焼き討ち以来の騒動に今日はなりそうだ、とアハマッドは思った。情報省を退職した身では、騒動の対応をしなくてもよいことをアッラーに感謝した。

■寄宿舎の中で

「いま、外へ出ていくのはダメだ。危ない」

ラール・マスジッドの大通りではじまった突然の銃撃戦に丈二はラヒームとアシムに引き止められ、回廊の端から再び寄宿舎に戻った。神学生が慌ただしく行き来し、ラール・マスジッドから並木通りに陣取っている治安警察隊に向けて発砲する。双方が絶え間なく撃つ乾いた銃声が寄宿舎の中にも響く。


事態の構図がわかってくると、「すべては神の御心、死ぬ日も決まっている」と、神学生たちは次第に落ち着きを取り戻していた。

「治安警察どもに何が出来るというのだ！　ひとつ門から出て見物でもしてくるか！」

「警察どもには何も出来ん。こんなことはいままでにも何回もあった、直ぐに収まる。大したことにはなるまい」

六〇〇〇人もの仲間が寄宿舎にはいるという安心感からか、完全に事態を楽観する空気が流れていた。警察の犬どもはあわてているだろう、俺も見に行ってこようなどと、口々に言い合って笑っている。

「ジョージ、いま出ていくのは危ない。治安警察の中には誰彼かまわず撃つバカがかならずいる。騒ぎは直ぐに収まる。暗くなったらラール・マスジッドの裏口から出ろ」と、バーバルが年長者の威厳を見せて断言した。とにかく、待つしかないと、丈二は覚悟を決めた。

昼にはじまった双方の威嚇射撃は、夕方になっても止むことがなかった。辺りが暗くなると、かえって銃撃は激しくなって、逃げ出せる状況ではなくなった。

テレビの生中継で銃撃騒ぎを知ったと、寄宿舎内は神学生の家族や、知り合いからの電話で着信音が鳴りっぱなしだ。大声で話す者たちの声も止まない。

深夜になっても神学生と治安警察のどちらかが思い出したように発砲し、それがきっかけで一時間は激しい銃撃音が続いた。時折りの大爆発音で、建物が不気味に振動する。コンクリートやレンガの破片がどこからか飛び込み、砕け散って激しい音をまき散らす。そのたびに丈二は飛び上がり、口から心臓が飛び出すのかと思う。身体中の血が逆流して体温が上昇した後は、冷や汗が身体を濡らした。まどろんだ気もするし、一睡もしなかった気もする。銃撃音が止んでいる間は夢を見続けているような、現実感から遠いところにいた。蒸し暑い雑魚寝の夜だった。

■七月三日夜　アハマッド宅の応接間

夜の八時でも薄明が残る。どこの家でも晩飯は暑熱が収まる一〇時に近い。神学生、治安警察も晩飯の時間なのか、共に銃撃が止んでいる。

晩飯を終えたアハマッドは二人の息子と寛いでいた。三軒隣りの官舎に住む宗教省次官補のモミンがやってきた。一九八〇年代、ジア・ウル・ハク大統領の軍事政権下では三人以上の集会が禁止だったが、いまはそれもない。昼間からの騒ぎで部屋には厚い二重のカーテンが下りたままだ。天井で緩々と回る大きな扇風機がかき回す風もまだ「熱い」。ミルクティは飲み終わるなり、汗となって噴き出てくる。

精力的なアハマッドだが、昼から耳にし続けてきた銃撃音で、色白な顔にはやや気疲れが浮かび、誰の顔も今夜はくすんで見える。

「ラール・マスジッド内の一部過激な神学生を取り除くためだけに、政府はこんなにも荒っぽい対応をするべきだったのでしょうか……」と、次男のイジャーズが父親のご意見を拝聴と口火を切った。イジャーズはパキスタンの最高学府カイデ・アザム大学、大学院の国際関係学科を修了し、上級公務員試験に備えている俊秀だ。三年ごとに上級公務員試験はあるが、イギリスに留学したいとも思っている。

「大統領閣下のお考え、お気持ちについては、官僚ならば誰でもがわかっておるわい」アハマッドの言葉に、外務省勤めの長男カムランが「確かに……」と頷く。

「そもそもはアメリカ、ブッシュが悪いのです！　『キリスト教による世界制覇、現代の十字軍』などと大仰なことを、九・一一のツインタワー崩壊の折、わざわざ世界に向かって声明する必要があったのかと、私は六年も経ったいまでも根に持っておりますよ」

学生気分の抜けていない次男が憤懣を口にし、皆が同調した。

「おまけに九・一一同時多発テロの直後から、犯人はオサマ・ビン・ラディンと決めつけ、テロの実行者ででもあるかのような言いぐさでした。オサマ・ビン・ラディンを匿っているという理由でアフガンへの空爆をはじめました。アフガンへの理不尽な空爆以降、神学生や原理主義者たちが頑なになってアメリカに反発するのは当然です」

カムランの言葉に、部屋に集う全員が同時に頭を振って同意した。

「九・一一同時多発テロ以降のアメリカは、イスラーム教徒を『刺激するための声明』を出し続けているとしか思えませんのぅ。わざわざ対テロ戦争と煽って各地で自作自演のテロを起こし、アフガンの治安維持と称して長期駐留。パキスタンにも居座っている。アメリカの軍産複合体を潤すためなら、ブッシュ政権はなりふりを構わないのですのぅ」

官僚として洗練されたモミンが全員の顔を見回し、自分でも大きく頷きながら、つぶやいた。この数年、何度この話題を重ねてきたことかと、モミンには苦さが残った。カップが空になるたびに、使用人が畏まって紅茶を注ぐ。熱いミルクティは飲み終えると同時に汗になるだけだ。だが、アルコールを嗜まない多くのイスラーム教徒にとって、ミルク入りの紅茶は冷たい炭酸飲料と共に、常時、無くてはならない飲み物だ。

「このまま大統領閣下がアメリカの言いなりに、イスラーム過激派の排除オペレーションをなさるなら、ラール・マスジッドではまず一〇〇人は死ぬことになるでしょう。そんな無茶なことが許されてよいものでしょうか？」と、ソファに腰を落とした長男が、上半身を乗り出して父親の顔を見た。

「カムランよ。きょう一日の対応を見ておれば、その程度で済めばよい方じゃとわしは思うがのぅ」

モミンも、きょう一日の役所内の雰囲気を思い返しながら、「カムラン君の案じるのはもっともです。大統領閣下はアジズ師とガジ師の兄弟に対し、いつになく強硬で、譲歩する気配は一切お見せにならなかった」と、次官から聞いた話をした。

「カムランよ、アメリカと対極におる神学生たちにはイスラーム教徒の正義や価値観がある。神を敬わぬ輩との戦いで死ねば、殉教者じゃぞ。間違いなく天国が待っておると神学生たちは信じておろう」

「でも、こんな衝突で神学生を死なせてはなりますまい。彼らの多くは若くて純粋です。貧しくとも、それなりの人生を送りつつ、村の子どもたちに神の教えを広めるという大切な使命があるはずです。もっとも、何事も神の御心ではありますが……」と、モミンが言う。モミンは温厚で幅広い見識を持つ。自身がハフィーズ（コーランを暗誦出来る者の尊称）で、信心深さも人一倍である。モミンはラール・マスジッドで学ぶ多くの若者に対して特別の思いと、理解を持っている。

モミンは真夏でも、古臭い詰め襟の官僚服を着て役所へ行く。パキスタンの中でも暑さが厳しいパンジャーブ州の出身者で色浅黒く、痩せている。神の教えに従い過食などにも縁遠い清廉な人士で、白くて長い髭に夏は真っ白なレース編みの礼拝帽を被り、冬には黒のカラクル帽《黒毛の子羊皮帽子》を頭に乗せている。宗教省の中でもその謹厳さが際立っている。

温厚で慎ましやかなモミンは「どうして地獄の蓋を開けてしまったことがアメリカの連中にはわからぬのか。いや、自国の都合や利益を常に優先して考える拝金主義者どもは、わかりたくないだけじゃろう。とにかく純粋な神学生たちをシャヒード《殉教者》とさせるわけにはいかんだろう」と、この事件の被害を極力小さくすることに心を砕いていた。

モミンには、経済活動がすべてという、欧米の価値観が欲深としか思えないのだ。「神の御心に添えるよう、わしもきょう一日、ずっと考えておった。政府に任せるだけでは心もとない。政府はいつでも軍を動かせる。その安易さが間違いになると思う。個人の力などは知れておる。しかし努力は必要じゃ。最後のご奉公のつもりで尽力しよう」

退職を目前に控えているモミンが、膝の上で両手をしっかり握りしめ、決然と言う。

「武力では何も解決しないのだからのぅ。モミン、わしは退職してしまった身だ、口だけでしかお前さんの応援が出来ん……すまんのぅ」アハマッドは心からモミンに謝った。

「そもそもイスラームには平穏という意味がありますのじゃ。言い分が通らぬからと、武力闘争で言い分を通そうとする方がオカシイのじゃ……」と、モミンがボソボソとつぶやいた。

「欧米流の、目には目を、剣には剣の考え方がいかに愚かしいことか。目には目を、歯には歯をという教えは、『やられた以上の仕返しをしてはならぬ』とする、イスラームの規範ですじゃ。わしらはわかってこのフレーズを使うが、イスラーム教徒ではない奴らは勘違いをしておりますわい」と、モミンが諭すように言った。

「でも、モミンさん、不思議な話だとは思いませんか？　そもそもキリスト教徒は右の頬をたたかれたら左の頬も差し出し、博愛の精神とやらを唱えたのではなかったのですか？」

「それは白人同士の話だよ。白人というのは自分たちが白いだけで特別の存在だと考えている。それ以外は人間として認めていないのだろうよ。読み書きの出来る動物とでも考えているのかもしれないな。イジャーズも海外へ行き、何度かいやな目に遭えばわかるよ」長男は弟を見て、覚悟して留学しろと皮肉な笑いをもらした。

「どこの国にもそれぞれ紛争のタネはある。キリスト教徒同士が争っている国もある。アイルランドを見ればわかるが、要は政府のコントロールの問題じゃ。過激派をコントロール出来んわが政府に問題があるのじゃ」

「確かに父さんが言う通りかもしれません。ですが欧米列強は世界中に紛争をまき散らし、弱小国を好きなようにコントロールし、資源を収奪して豊かさを貪っています。私は彼らの行動すべてが傲慢だと思っています。

アメリカでは一九五〇年代から軍産複合体が米政界を牛耳っていて、歴代の政権が軍事費削減を掲げても成功していません。逆に、人権擁護とか対テロ対策と称して世界各地で対立を煽っています。アメリカが仕掛けた途上国での紛争、軍事派兵は枚挙に暇がありません」と、若いイジャーズが言い募った。

「アメリカは自国に都合のよいダブルスタンダードで他国に対しておる。時に不愉快極まりない大国だとは思うが、なにしろ金を持っておるわい」

「アメリカは武力や陰謀によって、我々のような貧しい国をねじ伏せられると考えています。ですがイスラーム教徒の心、人間の心をねじ伏せることなど、そんなことが出来るものですか！」

普段は自分の意見を直接には話さないカムランも、気の置けない隣人モミンと家族との会話では感情を露わにした。

「何はともあれ、神学生たちはアッラーの教えに忠実であろうと、神学を学んでおるのです。彼らを犠牲者にしてはならないのです」

「なにしろ、宗教省に登録されている五～一八歳の神学生は二〇〇〇万人を超えております。元神学生だった者、教職員を合わせると全国で一〇〇〇万人以上のタリバーン関係者ですじゃ。この膨大な人数が政府の敵に回れば、大変なことになるのは目に見えております」

モミンは明日からの宗教省での行動を考え、アハマッドも息子たちもラール・マスジッドに立て籠もった神学生たちの立場を思いやった。

「時間がかかっても、結局は理解し合うしか方策はないのでのう。何回か導師兄弟には電話をしたが……」

モミンは自分の落ち度ででもあるかのように申しわけなさそうな表情を浮かべた。

「いやいや、導師兄弟たちが過激に傾いておると決めつけることはない。サウジアラビアやクエートから支援金をもらう都合もあるじゃろう。この時節、少しは威勢のよいことも言わんと支援金の集まりにも響く。背に腹は代えられれん台所事情もあるじゃろうて」

「常時六〇〇〇人からの神学生が三食、飲み食いしています。年少の子どもたちには衣食を完全に与えねばなりません。導師や教員たちへの給与は不要としても、運営費は莫大でしょう。いったいいくらの金があれば毎月のやり繰りが出来るのでしょうね」能吏の長男は頭の中で素早く計算していた。

■銃撃開始から二日目の朝

夏至から一〇日ばかりなので夜明けは早い。未明の三時半には小鳥のさえずりが微かに聞こえはじめた。外壁に当たる銃撃音だけなら、慣れてしまえばさほどの恐怖はない。だが暗闇で聞こえる重爆音と振動には、つい歯を食いしばる。顎とこめかみ、身体の節々も痛い。身体中に力が入っていたのだと丈二は思った。

寝ていると大きな蚊が汗の臭いに反応して、ところかまわず刺しまくり、ゴキブリが耳元で思わぬ大きな羽音を立てて這い回る。微かな小鳥のさえずりに薄明の気配を感じると、生き返る思いがする。

戦闘意欲の衰えない何十人かの神学生は、一晩中、治安警察と睨み合っていたが、大半の神学生は普段通りに眠り、黎明を迎えると起き上がり、垢じみた敷布団を部屋の隅に積み上げ、普段と変わりなく未明の礼拝に備えて身体を浄めはじめた。

すべてをアッラーにゆだね、死ぬ日は決まっていると悟っているせいなのか、神学生たちが恐怖感情とは無縁なところで生きていることに、丈二は驚嘆した。

何人かが交代でマイクに向かいアザーン《礼拝への呼びかけ》を告げ出した。朗々たる声が清明の空を渡っていき、町のあちこちからも聞こえて来るアザーンと共鳴し合った。しかし、いつもと違うのは、朗々たるアザーンをいきなり銃撃音が打ち砕いたことだ。朝の礼拝を攻撃するかのように治安部隊が激しい銃撃を再開した。

イスラーム教徒ではない丈二でさえも、政府のやり方には怒りを覚えた。礼拝を呼びかけるアザーンを打ち砕き攻撃するとは、神への冒涜に違いない。

しかし、神学生はすごい。礼拝に臨んでは誰一人として銃撃音に気を散らすことがない。黙々と礼拝を終えると、そのまま平素と変わらず、身体を前後に揺らしながらコーランの朗誦にも入っていった。コーランの全章句を朗誦するには、三時間ほどかかる。全章句を朗誦しない手抜き組は、朝飯を手に入れるために厨房に行き、新聞紙に包んだ薄いプラタを持ち帰ってきた。プラタと、今朝はミルクなしのチャイだ。

大食いのラヒームも要領よく、プラタを手にしている。丈二を守るようにアシムとラヒームが両脇に胡坐をかいた。車座でプラタを食い終わる頃になると陽が昇り、気温が急激に上がってきた。油たっぷりのプラタは胃に重い。真夏の食い物ではないと丈二には思えたが、一日のエネルギーの大半は油たっぷりのプラタと、甘いチャイで補給する。

黎明のアザーンと共に開始された治安部隊の銃撃は、朝食で一休みになったが、朝食が終わったのか再び銃撃音が激しくなった。その中でもコーランの朗誦は途切れることなく続いていた。

新聞では昨日の事件として、治安部隊一人、神学生四人、テレビカメラマン一人、通行人三人の計九人が死亡し、女子学生数人が負傷したと報じていた。しかし、アハマッドが家の内で聞いた限りの銃撃音と、駆けつけた救急車の数からすると、その程度の犠牲者数では済んでいないとの確信があった。長年にわたり情報省で報道を担当し、自ら「政府発表」をしてきた経験から、その控え目な犠牲者数発表のカラクリが透けて見えた。

「国教であるイスラーム教を学ぶ者たちを、政府が力ずくで制圧したとあっては、世界中の原理主義者のみならず、一般イスラーム教徒もパキスタン政府を許さない。全土から敬虔なイスラーム教徒が、神学生の応援にラール・マスジッドを目指してやって来る。それは大暴動の引き金になる。イスラーム法の導入を声高く叫ぶイスラーム神学者たちに、政府への攻撃理由を与えないためにも、事実を国民へは絶対に知らせない。常に国民を無知のままにおく。政府は常にそう考えておる……」

アハマッドは誰にともなくつぶやいた。

■最高指導者兄弟アジズ師とガジ師

ラール・マスジッドの礼拝室の床は、白と黒の大理石によって、祈祷用の敷物に模した装飾がなされている。礼拝室の壁にはミフラーブと呼ばれる窓状の窪みがあって、この窪みが人びとにメッカの方向を示している。ミフラーブの右隣には、床より三段ばかり高くなった説教台が置かれている。

六〇〇〇人の神学生を率いる指導者アジズ師とガジ師の兄弟が寝起きしているのは礼拝室の近くにある質素な小部屋だ。部屋の中には粗末な敷物と小さな手造り座卓があり、他の生活用具といえば旧式のラジオ、水差しとコップ、部屋の隅の三つに折った数枚の垢じみた薄い敷布団だけだ。

指導者アジズ師とガジ師の兄弟二人は共に痩せ、黒縁のメガネをかけ、話をするたびに白い口髭の間から乱ぐい歯が見える。まるで双子のようによく似ている。

「導師、この部屋は道路に近くて安全ではありません。軍が本格的な攻撃をしかけたら危険です。どうか神学校の建物へお移りください」

アジズ師にハフィーズのレヘマン師が遠慮がちに声をかけた。

「案じるな、レヘマンよ。死ぬ日は決まっておるわい」

「それは充分にわかっております、何事もアッラーの御心次第でございますから」

レヘマン師は美声の持ち主だが、今日は声が荒れている。若い神学生たちを落ち着かせようと、声を出し続けたせいかもしれない。

レヘマン師に付き従っている若いハフィーズのアクバル師も、遠慮がちに同じことを言った。

「お二人に何かがありましたら、統制が取れなくなります。若い者たちも導師を案じて落ち着きません、お移りいただきたいと存じます」

「ハフィーズたちよ、何事も神がお決めになる」

「いま、電話でお話しされていた件ですが、お聞かせ願えますか。政府には何度も騙されておりますから……」

弟のガジ師は膝の上でタスビー《数珠》を繰る手を止めることもなく、落ち着いた物腰で兄を仰いで尋ねた。

「何事もアッラーがお決めになる……。ただ、この部屋が道路に近くて騒がしいのも事実じゃ。満足に電話の声も聞き取れん。若い者たちの言葉に従い、神学校の建物へ一時、移動するかのぅ」

指導者に従う二人のハフィーズはアジズ師とガジ師を守り抱えるようにし、神学校へ移動した。追いかけるように激しい銃撃音が続き、建物に被弾する鋭い音が響いた。

神学校は高さ三メートル、壁の厚みが四〇センチもあるレンガの外壁に囲まれている。外壁と建物の間には充分な距離もあって、神学校に入ると銃撃音がわずかに遠くなった。

「弟よ、投降については少し考えることにしよう。宗教省次官補のモミンに何か案があるようじゃ。奴とは古くからの友人じゃ」

「アジズ師、政府からの交渉人はモミンなのですか?」

「モミンはわしらを案じ、昨日は何度も電話をくれておった。だが、今朝は政府の正式メッセンジャーだと言って電話をして来ておる」

「充分におわかりだと思いますが、モミンは信頼が出来ても政府は信頼が出来ませぬぞ……」

「あの……、お話の途中、大変申しわけございません。唐突な話ですが、実は、寄宿舎に日本人が一人混ざっておるようでございます。如何したらよろしいでしょう。我々神学生のことを案じて投降をお考えなら、この先、何が起こるかもわかりませんから、そのぅ……この日本人を人質として置いておくのも、一つの手かと思われますが……」

アジズ師とガジ師兄弟の会話が途切れたわずかな合間に、レヘマン師が遠慮がちに報告した。

「なぜ、日本人が混ざっておるのじゃ」

「詳しいことはわかりませんが、パシュトゥーン族神学生の知り合いとのことです。まだ少年のようです。少年でもアメリカの同盟国、日本人ということであれば、後々、何かの折には交渉材料になる可能性もございます。さり気なく留め置けば、拘束しているとは思われません。正面から拘束すると言えば、パシュトゥーンとかならず揉めます。パシュトゥーンは一度思い込んだら、石頭の難物でございますから。もちろん、アジズ師やガジ師との交換などという重さはありませんが……」

「ふ〜む、レヘマンはなかなか知恵者だのぅ」

ガジ師は兄のアジズ師より何倍も頭の回転が速い。

「私が責任を持って、私だけの思惑で、さり気なく『拘束』をいたしておきます。お許しいただけますでしょうか?」

■銃撃戦三日目の寄宿舎の中

外からの銃撃音が一層、激しくなっている。いつ騒ぎが収束して、ラール・マスジッドから出ていけるのか、丈二にはまったく予測がつかなかった。昨日と同じようにラヒームとアシムに挟まれ、部屋の隅に座っているほか、することもない。治安部隊との銃撃に加わらない神学生たちも、蒸し暑さの中で壁に寄りかかって静かに座っている。礼拝、朗誦、寝食以外は神との一体感や、御心を信じて銃撃音にあわてることもなく「瞑想」している神学生たちに、丈二はあきれるような思いを抱き続けている。

銃撃戦がはじまったばかりの時は、「見学だ」と多くの神学生が笑って直ぐに収まると言っていたし、丈二もそうかと思っていた。だが、徐々に激しさを増す状況は、異常な体験、過酷な体験という限度をとうに超えてしまっている。

コーランの朗誦を終え、自分の時間に戻った神学生たちが次々に丈二の傍へ寄ってきて、丈二の手元を覗きこむ。

「時間があるから、いろんなことを思い出し、メモしておこうと思って」

「メモしておけば何かよいことがあるのか？」

ジョージの手にある三色ボールペンを取り上げ、ペン先が変わるのを珍しそうに見てから返す者もいる。

「よいことがあるかどうかわからない。やることがないし、時間潰しかな」

「日本語は左から右へ書くのか。アラビア文字やウルドゥ文字は右から左へ、文字一つ一つは下から上へと書くものもあるぞ」

メモ用紙を上から覗き込み、日本語を見て、わけもわからず感心をする者もいる。

「日本語は、上から下へと縦書きも出来る」

そう言いながら丈二は周囲の神学生に書いて見せた。神学生のほとんどはコーランのアラビア文字しか読めない。

パキスタンは大きく分けて四州四民族に分かれ、民族ごとの言語を話している。パキスタンの共通語であるウルドゥ語は、小学校へ入ってからはじめて習う。学校へ行っていない貧しい家の者は、満足にウルドゥ語も出来ないので、自然と言葉の通じる仲間内だけで暮らすことになる。

通訳のアシムとラヒームがいなかったら、神学校内での丈二は身の置きどころもなく、下手をしたら、異教徒の外国人とみなされて過激派に殺されていたかもしれない。

■医者の真似事

夕暮れ方、寄宿舎東棟へアジズ師の側近と言われているレヘマン師がやってきた。集まった神学生たちは、二重三重に取り巻き、師の差し出す右手を両手で包み、順繰りに口づけをした。レヘマン師は一人ひとりに「神のご加護を」と、さびのある声で応えた。

あわてて床から立ち上がろうとするラヒームとアシム、丈二にレヘマン師は、「座りなさい」というゼスチャーをして、丈二の前にかがみこみ、目線を合わせて言った。

「病気の子どもを診ていてくれると聞きました。ジョージさんに神の恩寵があるでしょう」

そして、バーバルの方へ向き直って声をかけた。

「君はこの部屋の最年長者だ。この客人の安全を確保する責任がある。皆で気を付けてあげなさい。こんな状況は直ぐに収まるでしょうが、いまはまだ危ないようです。この客人がラール・マスジッドから外へ出る時はかならず、私かアクバル師に知らせてくださいよ」

レヘマン師は同道してきたアクバル師に（丈二を見張り、外へ出さないように）との意を込めて目配せした。

「このアクバル師は英語が少し出来ます。ジョージさん、困ったことがあれば何でも彼に伝えてください。勝手に動けばあなたの安全は確保が出来かねますからね」と言い添えた。

これで丈二は正式な客人になったが、垢じみた煎餅蒲団か、粗末な敷物の上で横になる待遇は変わりなかった。蒸し暑さも辛いが、終日の断続的な銃撃音は神経を尖らせる。双方の攻撃が止み、しばらく静寂が訪れると自然に背筋が伸び、深呼吸が出来る。

サンダルの音も高く、慌ただしく誰かが走ってくる。

「やられた。撃たれた。タリクが警官に足を撃たれた」

「ジョージ・バイ、お前の姉さんは医者だと言ったな。じゃぁお前も医者みたいなもンだ、治療が出来るだろう、頼んだぞ！」

「冗談じゃない！　俺に出来るのは消毒薬を塗るくらいだ！」

「ジョージ、よく聞け。田舎では病院の門番ですら、ドクターサーブと呼ばれて威張っているのだぞ。姉が医者ならお前にけがの治療が出来ないわけがない。お前がここに居合わせたのも、アッラーの御心に違いない」

バーバルは丈二の肩を掴んで離さない。

「無茶を言わないでくれ、バーバル……」

とはいえ、この無知な神学生たちにくらべたら、自分が一番マシかもしれんと思い直した。でも何をどうするというのだ。運び込まれたタリクの下肢は血まみれだが、うめき声も出さず歯を食いしばっている。

幸いなことに弾は下肢の肉を削いで抜けている。まずは血止めだ。いつも持って歩く小さなザックには、解熱剤と痛み止め、胃薬と抗生剤、抗生物質軟膏、バンドエイド、小さな英和辞書と小型のスケッチブック、筆記用具くらいしか入っていない。携帯電話やデジカメはラール・マスジッドへ入る時に毎回、門で取り上げられている。

まずは止血だが、血液から肝炎に感染したら怖い。丈二は血液に触れないよう軟膏を塗りまくり、自分の頭に巻いている綿布のルミアールを外して包帯幅に切り裂いてきつく縛った。懸命に頭を使ってもそのくらいの手当てしか思いつかない。ザックの中の痛み止めを出し、「痛み止めだ、飲めば少しは効くかも」と、丈二が言えば、それだけで神学生から盛大な歓声が湧いた。

「やっぱりドクターだ！　ドクターサーブがいてくれてよかった！　けが人はドクターサーブが診てくれる、ここへ運べ。皆に心配するなと伝えろ！」

バーバルが大声で皆を鼓舞すると、成り行きを見守っていた人の輪から安堵の声が上がり、広がって行った。だが、しっかりと圧迫したはずの傷口から流れ出る血は止まらなかった。綿布がすぐに鮮血に染まり、あふれ出て床を汚した。足先が次第に薄紫色に変色してくる。うめき声も出さないタリクの状態に、丈二の方が恐怖に襲われ脂汗が浮かんだ。

次々と丈二の前へけが人が運ばれてきた。パックリ開いた傷口から流れ出す大量の血、運んできた者たちの衣服も血まみれだ。丈二は正視も出来ず脚の震えを抑えることも出来ない。蒼白になり、固く目をつぶって思わずラヒームに掴まったが、吐き気が堪えられなかった。

「ジョージ、しっかりしろ。パシュトゥーンは女、子どもでも血くらいで驚かないぞ。やっぱりお前は男じゃないな！」

ラヒームが丈二の頬を平手で打った。よろけて床に這いつくばった丈二をアシムが黙って抱え起こした。額や腕、足からの少しの出血なら正視出来る。だが、それ以上の傷は素人の応急手当てでどうにか出来るものではなく、手術が必要だ。手遅れになれば死ぬしかない。その現実が怖かった。

神学生も「判断」を的確にするようになり、丈二の下には軽傷者しか連れてこなくなった。軽傷とはいえ花が咲いたように肉が裂け、あふれる血の奥に骨が見えているものもある。それでもパシュトゥーンの若者は、歯を食いしばってうめき声一つあげない。「弱い男」と見られることを恐れ、恥と考え、気力で耐えているのだ。

アシム、ラヒーム、英語が少しわかるアクバル師が丈二の傍で比較的軽傷者の手当てをはじめだした。けが人はひっきりなしにやって来て、時間はどんどん経っていく。

俺はなぜここにいるのだろう、見学していて巻き込まれただけで、まったく無関係なのだ。知らん顔をして裏口から出ていけばよいのではないか？

だが、俺を頼っている奴らもいる。物事はなるようにしかならん。パシュトゥーンの男たちのように男らしくありたい。けが人を見捨てた卑怯者と言われたくはない。逃げたら二度とマンガルたちはバイと呼んでくれないだろう。激しい逡巡の中に丈二はいた。

この日の夕暮れ方、ラール・マスジッドの最高指導者アジズ師が二〇人余りの女子神学生を従え、政府の要請に応じて投降したが、政府に欺かれたらしいとの噂が神学校内には広がっていた。

■ラール・マスジッド周辺だけが戒厳令

銃撃開始から三日目。パキスタン政府は、抵抗を止めない神学生を兵糧攻めにすると発表した。ラール・マスジッドを中心とした半径八〇〇メートル以内の水道、ガス、電気を止め、電話も通話を不能にし、ラール・マスジッドの周辺道路もすべて封鎖した。

「このG6地区と、G7地区の一部、ラール・マスジッドの周辺だけが戒厳令じゃと?」

「はい、アハマッドの旦那さま」

「ということは、この地区への出入りに、いちいち軍からの許可が要るということか? 一般人の出入りは不可能ということだな?」

「はい、旦那さま。でも、この地区から出ていくのは出来ます。入って来られないだけです。強引に入ろうとした者が、警察に撃たれて亡くなったと言っていました」

「なんちゅうことじゃ！　ここだけが戒厳令とは！　孤島状態じゃぞ、どうして暮らせというのじゃ」

官舎地区で暮らす住民もライフラインを止められては、まともな生活が出来ようはずもなく、知り合いや親戚を頼って次々に避難しはじめた。「戒厳令」の発表に長男のカムランがあわてて帰宅した。外務省から自宅までは一キロばかりの距離しかない。

「お前は現役の官僚だ。こんな時は二四時間の勤務と思え。政府からの緊急呼び出しに対応出来る場所に待機しろ。わしには仕事もない。それにラール・マスジッドの成り行きも、近場のここから見守っておきたい」

アハマッドは妥協のない、官僚然とした命令口調で明言した。

「父さん、そんなわけにはいきませんよ。世間では私のことを何と思いますか。父親を見捨てて、自分たちだけが逃げてきた薄情者と思われます」

「構うな、カムラン。どこの家でも年寄りが留守番と決まっておる。使用人任せには出来ん」

「勉強なんかどこでしても同じだ」と、次男のイジャーズもアハマッドと共に残ることになった。

カムランの妻は、電気がないので生ものを置いておけないと、冷蔵庫の物をバスケットやバケツに詰め込んだ。子どもたちはリュックサックに、教科書やノート類をハイキングへ行く時のようにはしゃぎながら詰めている。

戒厳令で出入りが出来ないとなると、荷物は一度に運ぶしかない。大きなスーツケース三つになった荷物は、小型車の屋根の上にも乗せられ、あたふたと官舎を後にした。同じように大荷物を屋根にまで積んだ車で、近所の住人が退避してしまうと、官舎地区は鬱蒼とした街路樹の中に沈み込んでしまった。

ガスも止められたので、使用人たちは庭に石やブロックで即席の竈を作り、広い庭のあちこちから集めた木切れで、器用にお茶を沸かしはじめた。一日三度の食事時前には、各家の使用人が燃やす木切れからの薄青い煙が、あたり一面にたなびいた。

「薪で焼いたチャパティは何年振りかのぅ。これは旨い。ガス火のチャパティには味がないわけがわかったわい」

柔らかな薪の火力でゆっくり焼いたチャパティには、格別の香ばしい匂いと味があった。朝食はチャパティとミルクティ、昼夜はダール《レンズ豆》カレーが続いた。直径が四ミリもない半割のレンズ豆は直ぐに煮える。栄養価が高く重宝な食材だ。

電気のない家の中は照明もなく、扇風機の風もない。買い置きのローソクもなくなった。どこにいても蚊には襲われる。家中が暗くても寝るには早過ぎる。銃弾が避けられそうな奥まった庭へ縄編みの簡易ベッドと椅子、お茶を運ばせ、燃える竈の炎を眺めることでしか時間が潰せなくなった。煙のせいか、蚊が寄って来ない。椅子の傍らに立った使用人が、トウモロコシの葉と茎で編んだ大きな団扇をゆっくりと動かし、アハマッドとイジャーズに風を送って煙を追い払う。

「いつまで続くのかのぅ。早く終わればよいが、今回は完全な決着を見るまで終わるまい。大統領閣下はラール・マスジッドに巣食う、過激派神学生どもを潰すきっかけを掴まれたンじゃからなぁ」

「さようでございますね、旦那さま」

夜遅く、長男から電話が入った。

電話では、「アハマッドの安全確認と、新たなニュースを届けようと、避難先の家族全員がテレビと電話の前に居座っている。いつかかるともわからない電話だが、代わる代わる電話をかけ続けているのだ」とカムランが言った。

電気も電話も住民の便を考え、政府が時折り、使えるようにしているのだという。

「父さん、日本大使館から外務省へ入った連絡によれば、ラール・マスジッドの中に日本人がいるようだと……。この近辺で観光している日本人が何人もいるとは思えません。ジョージ君だと思うのです。携帯電話は通じませんし、案じられてなりません」

「なに？　ラール・マスジッドの中にジョージがか？」

「政府は神学生に対して明日から投降の呼びかけをします。ジョージ君がうまく出てきてくれるとよいのですが」

■政府に騙された最高指導者アジズ師

お忍びでモミンが、アハマッドの家にやってきた。

連日の、政府とラール・マスジッド側の対応から解放され、治安警察から許可を得て、着替えに自宅へ戻ってきた。自宅で礼拝を済ませた後、わずかな時間を見つけてアハマッドの暮らす官舎を訪れたのだという。

後半年ばかりで定年を迎えるアハマッドの親友、宗教省次官補の要職にあるモミンの浅黒い顔が、疲れのせいでさらに黒ずんでいる。目元のシワも急に増え深くなり、誰の目から見ても心労が甚だしい。水が欲しいというモミンに生ぬるい水を出すと、一息で飲み干して、一気に話し出した。

「政府内部のことは家族にも言えるようなことではないが、今回の件は神への祈りだけではなく、お前さんにだけは聞いておいてもらいたい」

ソファに腰かけて、貧乏ゆすりをしながらモミンは言葉を絞り出した。

「わしは指導者のアジズ師とガジ師の兄弟には、初日から連絡を取っておった。二人とは大昔からの知り合いでもあるしのぅ。わしの立場なら公私どちらでも電話が出来る。初日の夜、ここで決心をしたように、なんとか騒ぎを最小限にし、出来るだけ穏便に済ませたいと考えた。だが今回の政府のやり方には心がない。腹に据えかねる」

「わしも交渉の行方をずっと気にしておったわい」と、アハマッドが相槌を打った。

「とは言えわしも役人の端くれじゃ。命令には従わねばならん。二日目には大統領補佐官からの伝言じゃと断って、正式に電話をした。いますぐ神学生たちを鎮め、騒ぎを収めれば、アジズ師やガジ師、神学生たちも罪には問わない。早く投降せよと伝えたのだ」

モミンの話から、昨夕のアジズ師投降の裏事情がわかった。アハマッドはアジズ師の投降シーンを、住民の便宜を図るためにと、不定期に送電される折に映る自宅のテレビで見ていた。それはなんとも不可解な光景だった。

アジズ師は黒いブルカを被った女装姿でノコノコとラール・マスジッドから出てきて、テレビカメラの前では悪びれもせず、ブルカから顔だけを出し、白い髭をひくつかせ、ニヤニヤと笑っていた。

「あのニヤニヤ笑いは、いったいなんだったのだ?」

モミンは両手で顔をゴシゴシ擦った後、裏の事情を打ち明けた。

「アジズ師とは、女子神学生に化け、女子神学生たちと共に投降してきたら、そのまま政府が匿う、という話でまとまっておった。わしは約束通り正門の前でアジズ師を待っておったよ。しかし、アジズ師が出てきたら、いきなり治安警察官どもがわしを突き飛ばし、アジズ師を検束しおった。おまけにそのまま力ずくでテレビカメラの前に連行した。なんとも無様な女装のままで、アジズ師を世界中への晒し者にしおったわい。あんな卑劣なやり方があるものか！」

「アジズ師は、政府の筋書きにわしが乗ってやっているのだというポーズで、世間に余裕を見せたかったのかもしれんのぅ」と、アハマッドは想像した。それにしても漫画のようなシーンだった。モミンは自分自身が晒し者になったかのように身を揉み、再び両手で顔をゴシゴシ擦って覆った。

「情けない、なんとも情けない。わしも恥ずかしい。せっかくのチャンスを政府のバカどもはぶち壊しおった。これで神学生たちとの話し合いは不可能になったわい。最初は個人的に兄弟を心配して電話をしておった。わしが電話しているのを知って、政府内ではモミンに交渉を任せろ、となったのじゃろう」

「泥を被せるには丁度よい場所にモミンがおると、政府のずるい奴らは喜んだろうよ」と、アハマッドは言葉をかけた。

「かもしれん。大統領補佐官から問題がこれ以上大きくならないうちにアジズ師を投降させろ。今後の宗教活動に備えさせろ。ガジ師は学生たちを説得、投降させるためにラール・マスジッドの中へ残してもよい、と言われた。そういう筋書きで話が進み、事態を終息させると聞いておった」

モミンの顔を覆った骨ばった手と肩が震えていた。

「政府トップの狙いは、アジズ師が戦わずコソコソ逃げ出す様子を世間に見せることで、笑いものにしたかったのじゃろう。過激派の最高指導者は『この程度の人間』だと。タリバーンや世界中のイスラーム過激派の戦意を削ごうという狙いがあったのかもしれン。

すべては神の御心だ。とは言え、わしのしたことは結果として指導者兄弟を騙したことになる」

「政府も信義にもとることをしたものじゃ。それもアジズ師やガジ師、六〇〇〇人の神学生たちを相手に。いやいや世界の神学者や神学生を相手にしたのも同然じゃ」

「アッラーを大して敬いもせず、アメリカの方しか見ておらん政府の連中には、神学生たちの純な気持ちが理解出来ないのであろうよ。純な者たちには過酷な結果が待っておるわい」

政府の場当たり的な態度は、アハマッドも痛いほど体験している。責任を取らされるのはいつも管理職の自分たちで、政府トップは傷つかない。それもこれも何事も、すべては神の御心と信じてはいるのだが、平常心を保てないことが多々あった。

「万一、わしに何かがあった時には、お前さんと全能の神アッラーがおられることでわしの心は救われる」

アハマッドは黙って頷き、（確かにアッラーはすべてをご存じじゃ）と思った。

使用人が静かにテーブルの上から冷めた紅茶を下げて行き、新たに生温かい水の入ったグラスが二つ置かれた。

「政府はアメリカだけではなく、中国にも尻をたたかれた。何としてもラール・マスジッドの神学生たちを蹴散らしたいのだ。強行する気だな」

「大統領閣下のお立場もわからないではない。しかしわしのように日々、神との対話と平穏な暮らしだけを望み、無事、勤め上げられることを念じていた人間には、こんな結末と、今後の成り行きは想像を超える」

「政府は最初からこの絵図を描いておったな。政府は容赦なく徹底的にやるつもりだ」

元情報省次官補のアハマッドには、政府首脳のメンタリティが透けて見えた。報道では六〇〇〇人が立て籠もっていると報じているが、いったい何人がモスクの中にいるかはわからなかった。パキスタンに信頼の出来る数字などが、あろうはずはないとアハマッドは思っていた。

「仮に、半分と見積もっても、三〇〇〇人の神学生がおる。その中で過激派などと言われる神学生はわずかじゃろう。政府は神学生たちへ投降を呼びかけると言っておるが、どういう結末になるか、わしにはもうわからん」と、モミンはすっかり憔悴していた。

■事件から四日目、投降への呼びかけ

政府軍が撃ち出す重爆撃のたびに轟音が響き、建物が揺れる。我関せずと蹲っていただけの神学生たちからも、悲鳴が上がるようになった。少しでも頑丈そうな建物の方へと、逃げて来る神学生たちもいて、押し合い騒ぎがあちこちで起こるようになってきた。

何人ものハフィーズたちが、若い神学生たちに指示を出す。サウジアラビアからの留学生には緑色のターバンを巻いた者が多く、過激な言動で目立っていた。

「弾薬は減ってきたが、まだ残っている。武器を扱えない者は、あっちの隅に隠れていろ。直撃弾も恐ろしいが、壁や床に当たってはね返って来る跳弾はもっと厄介だぞ。自分の居場所をよく考えろ」

「治安警察だけではない。きょうは陸軍の特殊部隊までが出てきた。政府側はますます人数を増やしているぞ」

「それほど、我々を恐れているということだ！」

「大統領は俺たちを本気で殺る気だぞ」

「いやいや、マイクで呼びかけているのが聞こえないのか？　無駄に抵抗せず、降伏しろと言っている。よく聞いてみろ」

大通りから拡声器を通し、ひび割れた声が神学生たちに投降を呼びかけている。

「政府はアジズ師を罠にかけた。出て行けば同じ目に遭う。皆殺しに違いない」

「皆殺し？　そこまではやるまい」

「政府の背後にはアメリカがいる。出ていっても拷問か、キューバのグアンタナモ刑務所が待っている。それを忘れるな！」

最近の大統領の過激派に対する強硬方針をハフィーズや神学生は知っている。ブッシュに後押しされた強引・傲慢なやり方へも不信感が高まっている。目を吊り上げ、大声で喚く過激な神学生の後ろには、一言も発せず壁際で蹲ったまま震えている者も大勢いる。

「教えを思い出してみよ！　イスラームの大義に殉じるなら、永遠の生命が与えられ、蜜とミルクの流れる川で、処女を相手に過ごせるのだと、コーランには記されている！」

「降伏するなら田舎へ帰るための金をくれると言っています。金さえあれば田舎まで帰れます」

小声で交わされる情報が飛び交う。

「一二時を過ぎれば攻撃すると言っている、降伏するならいましかない。ここから外へ出なくては……」

出身地域や神学校にやってきた事情によって、いくつものグループが出来ていた。幼い子どものすすり泣きがもれてくるグループもある。だが、幼い時から「男」を意識しているパシュトゥーンの子どもたちは、誰一人として泣いてもいないし怯えも見せていなかった。

「私が死んだら、家には親を見るものがいなくなります。私は家へ帰りたい」

「臆病者！　逃げたければ逃げろ！」

「いや、我々と行動を共にしてもらおう。ここで神の教えを共に学びながら、行動を別にするなど許されない。師はおっしゃっていた、常に指導者と共に行動をせよと」

一段高い場所で両手を振り上げ、神学生たちを煽り、アッラーと預言者ムハンマッドへのさらなる帰依を求める者の目は血走っている。

銃撃音が激しくなり、耳が聞こえ難くなっているせいか、互いが大声で喚くようになり、怒号が渦巻きはじめた。

「政府は投降の呼びかけをしている。投降したいという神学生もいる。ノコノコ出ていって絶対に撃たれないという保証はない。政府には何度も何度も騙されていると、バーバルが言っている」

アシムが丈二の耳元で大声を張り上げ、何が話されているのかを英語に訳してくれている。

「俺は日本人だ、出ていっても命までは取られないと思うが、俺には判断が付かない。バーバルの言うように、もう少しだけ様子を見てからするよ。それにけが人もいるから」

丈二の見張り役を務めるハフィーズ・アクバル師も、「それがよい」と、重々しく頷いた。

(今夜も神学校の中か……)徐々に夕闇が濃くなっていく時の不安は、言葉には言い表せない。喉の奥が窄まって、呼吸が細くなって息苦しくなるような感じだった。丈二は忍び寄る暗闇の恐怖に歯を食いしばって耐えた。

■五日目　迫撃砲が並んだ

アハマッドが暮らす官舎にも、神学生に「投降」を呼びかける拡声器からの声が聞こえる。

「大統領に死を！」

「アメリカくたばれ!!」

神学生の側からも、怒号を交えたシュプレヒコールが途切れることなく上がっている。風向きの加減なのか、投降の呼びかけとシュプレヒコールが鮮明に聞こえることがある。

「父さん、昨日から何度も時間を延長しての投降呼びかけでしたが、最終時間が区切られました。今夜、掃討のオペレーションを開始すると言っています」

「一応、その心づもりをしよう。わしらも最終オペレーションに備えよう。門番には銃の携帯を許そう」

アハマッドの指示で、ずっしりと重いショットガンが保管庫から出され、門番の手に渡された。アハマッド自身も次男のイジャーズも久々にソ連製の大型拳銃マカロフを手にした。

「何もないよりはよいじゃろう、万が一の時の抑止力じゃ。両隣と協力して屋上の物陰にも一人、見張りを立てろ。塀を乗り越え住居に侵入し、乱暴をしようとする者のみ撃ってもよい。責任はわしが持つ」

昼間の暑さは少し収まったが、そよとも空気の動かない蒸し暑いマグリブ《夕陽の落ちる時》の礼拝を呼びかけるアザーンが流れてきた。あちらこちらのモスクから重なり合って流れてくるアザーンが、夕方のざわめきの中で普段にも増して朗々と流れる。

「アッラーフ・アクバル！　神は偉大なり！　アッラーの他に神はなし！　ムハンマッドこそは神の預言者なり！　さらば来て祈れ、安らぎに来たれ！　神は偉大なり、アッラーの他に神はなし‼」

アザーンに混じってラール・マスジッドの外壁を壊す重い砲撃音がした。台風の高波が防波堤に当たるような鈍く重い破壊音と、地響きがそれに続いた。

（大統領閣下は、まったく何を考えておられるのか。神への祈りの、もっとも安らかなる聖なる時間に、アザーンと共に攻撃をされるとは。大統領閣下はリベラルで開明的だと評判だった。わしも長年そう思っておった。だが、それは間違っておったのかもしれん。大統領閣下の行為は神への冒涜じゃ）

敬虔な祈りの最中に、アッラー以外のことを考えるなどは、あり得ない。もっての他なのだ。だが、アザーンと共に開始される攻撃をアハマッドは苦々しく思った。

甲高く乾いた銃撃音は神学生たちの発砲だ。大粒の雹が窓ガラスに当たって弾けるような連射音は、兵士が撃ち出す軽機関銃かもしれない。その合間に腹の底に響くような重爆撃音は、特殊部隊や治安部隊側が撃ち出している。立て籠もっている神学生たちの恐怖を増幅させる、音だけのモーターガンだとカムランが知らせてきたが、大地震のような揺れと地響きを伴っている。

空が徐々に青黒さを増し、沈んだ色になった。縄編みの簡易ベッドが塀と建物の壁に囲まれた狭い空間に運ばれ、そこがアハマッドと息子の定位置になっている。

「旦那さま、旦那さま、電気が来ました。電気です。一時間ばかりは電気があると警官が言っていました。テレビのニュースを見てください」と、使用人が知らせに来た。テレビ画面には、軍隊の隊列が映し出され、実戦の緊張感が兵士の顔に漂っていた。

「イジャーズ、見ろ！　見ろ！　アメリカ向けのやらせではないぞ。大統領官邸前広場にズラリと砲筒を並べておる。装輪装甲車と迫撃砲じゃ」

迫撃砲による攻撃が一時間ばかり続いた。神学生たちの恐怖心を煽る心理作戦らしく、投降の呼びかけが繰り返された。つかの間の静謐の後、またもや砲撃が続いた。そして突然、停電した。

夜遅く、再び電気が来た。テレビ画面には投降者の姿が続々と映っている。この夜の投降者は、昨夕の投降者にくらべると余裕のある態度だ。衣服も自前の物らしく、靴も上等なものを履いていた。武装した兵士たちに囲まれ、ニヤニヤ笑いながら仲間と話しながら出てくる輩は、今日までラール・マスジッドの中に立て籠もり、威勢のよいことを言い立て騒いでいた中途半端な連中に違いない。

初日に投降してきた者たちは、肉のない貧弱な身体を古びたパキスタン服で包み、擦り切れたサンダルを履いていた。いかにも貧しげで、見栄もプライドもなさそうな無気力な若者たちだった。食い詰めて居場所もなく、寝食無料のモスクに寄食していただけの、無教育ぶりをさらけ出したような者たちだった。無責任に騒ぐこともなく早々と、投降してきた彼らにはまだかわいげがあった。アハマッドは、きょうの半端者投降者には怒りを感じた。

夜遅く、神学校女子部と思しき場所で硝煙の臭いがする黒煙が大量に上がった。五キロも離れている親戚宅にいるが咳が止まらない、そっちは本当に大丈夫かと、息子カムランが電話を掛けてきた。

■大量の薬が見つかった

「生き死には神の御心だ、我々はアメリカと大統領に徹底して抵抗する。俺の後ろにはアフガンとパキスタンに暮らす四〇〇〇万人ものパシュトゥーン族がいる。世界中のイスラーム同胞もこの事件を見守っているに違いない。同胞たちは我々の意志をかならず継いでくれる」と、バーバルが立ち上がって、意志の強い顔できっぱりと言い切った。オサマ・ビン・ラディンに似ているバーバルが重々しく言い切ると、「本当に、そうかもしれない」と思えるから不思議だ。

丈二は思い切って反論した。

「でもバーバル、けが人は治療を受ければ助かるかもしれない。このままでは危険だ。見ているだけでも俺には辛い。まさか政府も神学生を皆殺しにするつもりはないだろう」

「アジズ師は政府の策略に掛かり、逮捕された。俺たちは大統領や政府に何度も騙されてきた。うかつに投降するわけにはいかん」

「そうかもしれん。でも俺の持っていたわずかな薬はとっくになくなっている。熱が出て苦しそうなけが人の頭に、濡れた布くらいしか置けない」

「ジョージ、お前の気持ちは有り難い。だが我々にとっては神のご試練である。神の恩寵があれば助かるだろう」

「恩寵、神の恩寵か……」

高熱を発しているけが人に濡れた布を当ててがってやると、水分が気化していく時に温度がわずかに下がる。うめき声一つ発せず必死で痛みに耐えているパシュトゥーンの男たちに、何か出来ることをしてやりたい。濡れた布を頭に当ててる程度の看護でも、神の恩寵だと感謝出来る彼らの精神に丈二は感動していた。彼らを置いて俺は出て行けない。何人もが、医者でもない俺を頼りにしていると丈二は思った。

「ジョージ、水もガスも、電気も止められた。後一日で食い物もなくなるぞ。この騒ぎはいつまで続くのかもわからん。なんとか無事に出ていくための方法を考えねばならん」

ラヒームは従兄マンガルの厳命を思い出し、丈二を無事に外へ出すことを自分の使命と考えるようになった。献身的に看病する丈二を見て、ラヒームの固かった気持ちがほぐれている。

「ジョージ、ちょっとこれを見てやってくれ!」

夕方、暑さが峠を越した時刻、レヘマン師とバーバルが大きな段ボール箱を運んできた。箱は底に両手を当てて持たなければバラけてしまいそうだった。箱を指さすレヘマン師の頬が少し緩んでいた。

「ジョージさん、神の恩寵です」

「導師様の物置に残っていた薬品類だ。俺たちはアラビア文字しか読めん。ジョージ、お前はドクターサーブだ。使える薬があるかもしれないと運ばせてきたぞ」

バーバルが胸を反らせ、自分の手柄のように得意満面だった。

箱には、赤い三日月印が印刷されていた。イスラーム世界の赤十字である赤新月社がどこかで医療支援活動をし、余った医薬品をラール・マスジッドに置いていったのだろう。薬品の効能期限が切れていても効能が落ちるだけだろう。緊急事態では薬がないよりはよい。期限表示は無視しようと丈二は一瞬のうちに判断した。

ポケット英和辞書を引きながら薬の仕分けをする。傍で英語のわかるアシムが丈二の指示で薬を並べていく。

「有り難い！　抗生物質の期限は切れていない。消毒薬や痛み止めもいっぱいある！」

「どうだ？　ジョージ、少しは役に立ちそうか？」

「おお〜、役立つ。役に立つぞ！　動けないけが人は出来るだけ一つの部屋に集めろ。いますぐ、全員に抗生物質を二錠飲ませてくれ。後は八時間おきに一錠だぞ！　痛み止めと解熱剤がいっぱいある。神の恩寵だぞ、喜べ！」

重傷者は丈二の手には負えない。バーバルの言うように神にお任せするしかないが、痛みが酷い者には痛み止めを多めにすることくらいなら出来る。大昔、医者なしでの海外登山では、少々の裂傷ならば自分たちで縫った、瞬間接着剤で傷口を応急処置したと、オフクロに聞いたこともある。点滴や注射も自分たちで練習し、遊びである山登りをしていたと言っていた。「自分の命は自分で可能なかぎり守るのよ」と、言っていたのがいま、よくわかった。

今回の無茶な救急処置が知られれば、日本では無資格医療行為と批判を受けるのだろう。だが、目の前のけが人に何もせずにいることの方が罪深いと丈二には思えた。どこかで問題になったら、堂々と受けてやるぞ！　と、丈二は腹を括った。

治安部隊による銃撃は絶えることがなかった。時には流れ弾や石の破片が近くを飛び交い、頭を抱えて床に伏せたことが何回もあった。出来るだけ安全なところでかたまってはいるが、けが人は増えていくばかりだ。動けないけが人の間を丈二は腰をかがめて歩き回り、額に手を当てて熱を看たり薬を与えたりしていた。だんだん激しくなる政府軍の攻撃で、逃げ出していく者が続出し、舎内には重症化する者が増えていった。

「ジョージ、昨日から根性ナシの半端もんがたくさん逃げていった。お前は俺たちのバイだが、元々はラール・マスジッドとは関係のない人間だ。出ていっても大丈夫のようだから、お前も出ていく方がよいと俺は思う」

「そうかもしれん。だが、けが人や子どもたちはどうする？　自分の足で出ていける者はよいが、けが人こそ外へ出してやらねばならん」

「何事も神の御心だ、生きられるものならば神が生かしてくださる。ジョージが悩むことではない」

けが人は、暑さの中で激しい痛みに耐え体力を消耗し、顔が土気色になっている。化膿と炎症で発熱すると一晩で、けが人の大半は目が窪み一気に顎と鼻が尖った。

給水が止められた後、大理石造りの池の水を飲んだせいで、神学校の中では下痢をする者が増えた。女子部でもトイレにはいつでも誰かが入っていた。普段、未明の礼拝前に身体を浄め、その後はいつでもどこでも礼拝に臨めるようにと、トイレには行かない修練が出来ている。排尿排便すれば、不浄の身体になる。礼拝をするには再び全身を清め直さねばならないのだ。

トイレは水が流れない。しゃがみ式の便器の周囲には足の踏み場もなく、水っぽい汚物が落ちて広がっている。それに触れないで済ますことは不可能なほど、トイレの周りは汚れ果ててしまった。不浄の身体のままで死ねば神の御許へは行かれないのだ。

女子部にも、日本人のドクターサーブがいるという噂が流れていた。下痢止めの薬が欲しい。女子部から男子部へ行くには、許可が必要だ。そのうえに砲撃が止んだ一瞬を盗んで行かなければならない。女子学生たちも死ぬことを恐れてはいない。ただ、不浄な身体で死んでしまうことだけが怖いのだ。

女子部から二人の使いが出された。開けっ放しのドアの前で、女子部から来たと声をかけると、部屋の中にいた何人もの男子が二人の顔を見ないで部屋から出ていった。部屋の隅で薬を扱っている人をチラッと見ると、髭もない、子どもみたいな人だった。

「何度くらいトイレに行きました？　熱はありますか？」

（えっ！　トイレに何度、行ったかだって……そんなことを男の人に言えるわけがない。恥ずかしい）女子学生はチャドルですっぽり包み込んだ頭を、さらに膝に付くくらいまで下げて沈黙した。

（恥ずかしくて涙が出そうだった。ドクターサーブ、何てことを平気で聞くのだろう）

「熱はありません。でもお腹がすごく痛みます。何人もが同じ症状です」もう一人の女子学生が丈二に答えた。丈二は黙ってたくさんの薬を敷物の上に押し出して渡した。飲み方は傍にいたアシムに英語で伝え、それをパシュトゥーン語にして二人に説明した。女子学生が丈二の顔を見ることはなかった。一瞬、口元が動いたようだったが、二人は誰とも目を合わさず静かに立ち去った。

避難先の親戚宅で家族と共に夕食を終えたカムランは、治安警察の蟻も逃さぬ警備をかいくぐって家に押し入る暴徒もないだろうと心配はしていなかったが、父親と弟を家へ置いてきた自分の判断を悔やんでいた。明日は治安警察から許可を得て、なんとか自宅へ食料を持っていこうと思っていた。

「何か旨い物を用意してくれよ」とカムランは妻に命じた。

■六日目朝　上空のヘリコプター

朝八時、三機のヘリコプターが編隊を組み、緩やかなローター音を響かせながら大統領官邸の上空を通過して、ラール・マスジッドに向かった。操縦士の顔がはっきり見えるくらいの低空飛行だ。同時にヘリコプターを援護するよう、腹に応えるモーターガンの重爆音攻撃がはじまった。

「神学生がカラシニコフを撃っていると警察側は言うが、神学生か、警察が撃っているのか、わかったものではないな」

ラール・マスジッドの目と鼻の先にいるアハマッドだったが、途切れることのない銃撃音や重爆音にも慣れ、眠れるようになっていた。

「イラクやシリア、アフガンの国民たちは、こういう状況の中で平然と暮らしておるのか。人間の順応力とは、まったくすごいものじゃのう。イジャーズ、そうは思わぬか?」

時たま電気が来て映るテレビでは、パキスタンの最大野党イスラーム原理主義政党連合の議員たちが、大挙してラール・マスジッド前の道路に陣取っている風景を映していた。誰もが犠牲者を一人でも増やしたくないと念じているのだ。議員たちは、「女子学生と、幼い子どもだけでも解放せよ!」と、ラール・マスジッドの内にいる神学生に向かって必死の説得に努めている。四〇度近い蒸し暑さの中、ハンドマイクを握って神学生を説得している声が、テレビの音声と生の拡声器音の両方でアハマッドの耳にも届いた。

説得チームの中にはブルカで全身を覆った女性導師もいた。立て籠もっているリーダーの許可が得られれば、直接交渉に出向くと叫んでいた。（大した女がいるものじゃ。女の方が、肝が据わっておるわい）と、アハマッドは感動した。

停電は頻繁にあり、常時テレビが見られるわけではない。その代わりに息子や親戚たちからはたびたび、電話がかかる。長男カムランは、「報道は推測で立て籠もりが一〇〇〇人以上と言い、投降してきた神学生は、立て籠もりの人数はまだ二〇〇〇人と言っている」と知らせてきた。軍は投降者を集め、神学校内の情報収集に努めているという。さらに、「本日の治安部隊側の死者は六名と報道されている」との情報に、「犠牲者がわずか六名のはずはない。いつも、いつも、政府の発表と報道は嘘ばっかりじゃ！　どれだけの嘘を吐けば政府は気が済むのじゃ」とアハマッドは毒づいた。


蒸し暑さが減らない深夜、変わった音が大気を揺るがし、光が闇を走った。ベランダに出るとねっとりと重い空気が頬を撫ぜた。銃撃音に混ざって雷鳴が微かに聞こえている。不審な音は恐怖心を生み出したが、遠雷だとわかれば雨が待たれる。ここ一週間ばかり雨を見ておらんとアハマッドは思い出した。（雨が来れば気温も少しは下がるだろうて……）

■天空からの恩寵

暗闇の中で、外が一瞬、明るくなった。

「いま、少し明るくならなかったか？　ジョージ？」

「いや、わからない。俺は眠っていたようだ」

毎日、外壁と建物が少しずつ壊されていく。そのたびに、少しでも安全そうな場所へと、運べるけが人と薬箱を移動した。むき出しの床に汚らしい布を敷き、身体を丸めて横になっている。蚊やゴキブリは気にもならなくなっている。床の固さが骨にひびく。床の固さは手足を出来るだけ縮めることで接地面を減らして凌ぐ。縮こまっていた方が、弾に当たる率が少ないだろとも思う。

目が覚めていると恐怖の現実と、暑さで耐えられない。けが人で起こされない限り、昼も夜も眠るようにしている。消耗した身体は快眠と、わずかな食い物と水分を要求している。丈二は朦朧としている時間が増えたような気がする。

「ほ～ら、見ろよ、また明るく光った。空気に重さが増している。雨が来るに違いない。あの光り方はたぶん雷光だと思う」

「マルガラ丘陵の方向に雷光だ。だんだんと近づいているぞ。ジョージ、雨が確実に来るぞ！」アシムとラヒームが耳元で囁いた。

闇の中、外の空気が流れ込む窓の下に、何人もがいざり寄っていく気配がした。丈二も四つん這いで窓に近づいたが、膝にも手のひらにもコンクリートの破片が突き刺さった。一瞬の雷光が、掃除をする者もないまま血糊で黒ずみ、飛び散った破片が散乱する床を照らした。感染症に対する恐怖は、とうに麻痺していた。

体温より少し低いだけの涼風が部屋の中に流れ込み、思わず横になっていた場所から、さらに窓際へにじり寄った。流れ弾に当たる不安はある。だが、わずかに下がった外気温が身体を撫でていく。その快感には勝てなかった。

汗と血液で汚れ切ったパキスタン服からは、濃いアンモニア臭が発散し、目に沁みて痛い。壁にもたれて足を投げ出している者の多くは足先に裂傷を負い、赤黒く乾いた血がこびりついている。神学生たちの多くは安物のサンダル履きで、ガラスや瓦礫の破片で足を切っている。

モスクの中でも外でも、誰もが雨を、と祈っていた。そして明け方、ついに天空から雨が落ちてきた。

雨粒は敷石の上に落ちた瞬間に、直径五センチもの雨跡を残した。大粒の雨がパタッ、パタッと立て続けに落ちはじめたと思うと、一陣の大風がユーカリの大樹を襲い、しなった樹から乾いた樹皮がパリパリ剥がれて飛んでいくのが、雷光の中に浮かび上がった。

豪雨は一瞬にして神学校の姿を消し去り、雨の匂いで包み込んだ。最初、ほのかに温かかった雨粒は直ぐに冷たさを感じる水滴に変わった。

「アッラーフ・アクバル！《神は偉大なり！》」

どよめく大歓声が、神学生たちからいっせいに湧き上がった。神を讃える大歓声がラール・マスジッドの外にも響き渡った。敵も味方もずぶ濡れになりながら恵みの雨に一息をつき、神のもたらした恩寵に祈りを捧げた。

降りはじめた雨は建物を容赦なくたたき、滝のように落ちてきた。モンスーンに運ばれる七月の雨は、数日から一〇日おきに一、二時間滝のように降り注ぐのだ。表通り二方向からの狙撃を恐れ、神学生たちは建物から離れることなく芋の子を洗うように押し合いへし合いをして雨に濡れている。伸びた髭や髪の先、身体中から水滴を滴らせ、歓喜の表情を浮かべている。

庇のない神学校の建物は雨をもろに受ける。雨に打たれ地面にひれ伏し、祈っている者が大勢いる。口を開けられるだけ開けて雨を受けている者もいる。厨房から持ち出した器に雨を受けている者、小さなナイロン袋に雨を受けている者、中にはただ声を上げて泣いている者もいた。

（こんなにも雨が愛しいのははじめてだ……。あの遠雷を耳にしてから二時間、この瞬間を皆と一緒にどれほど待ったことか）丈二は陶然としていた。

「あぁ、アッラーフ・アクバル」

「ジョージ、いま、アッラーフ・アクバルって唱えたなぁ。お前も少しずつアッラーについてわかってきているのだなぁ」

アシムやバーバルが心底、うれしそうな顔で丈二の肩を抱き、髭面を寄せてきた。丈二は壁際に座り込み、びしょ濡れになりながら無言で雨を見つめ、息を詰めていた。そして思い出したように深く息を吐き、雨の匂いを胸いっぱいに吸い込んだ。水分が身体の隅々に沁み込んでいく心地よさ。床に当たってはね返って頬に当たる小さな雨粒までが愛おしい。大宇宙の中で一つの生命体として生かしていただいている実感がした。

神への感謝が素直に口に出来た。両目から涙がツーッと落ちた。

■アハマッドの想像

豪胆でありながらも細やかな神経を持つアハマッドは、門番たちが居眠りでもしていないかと気になり、夜中に三回も見回りをしていた。夜間だけに香りを放つラートキラニ《夜の女王、夜来香》の絢爛たる匂いが、ささくれ立った神経を慰めてくれる。

扇風機も動かない部屋の中では、蒸し暑さがアハマッドの体力を奪っていく。未明の雨が樹々を蘇らせたのは救いだが、湿気がさらに増えた。でも雨上がりの朝には、露をのせた葉がことのほか瑞々しい。

銃撃戦の途切れるのを待って、治安警察の許可を得て長男のカムランが慌ただしく、食事を届けにきた。

「なんやら食が細くなって、せっかくの鶏ひき肉カレーも喉を通っていかん。増えた体重もこれで少しは落ちるじゃろうて」

アハマッドは息子たちを交互に見て苦笑した。

「ところで、ジョージはまだ見つかっておらんのか？　そろそろ食い物もなくなっておろうに。いったい何をしておるのやら」

「日本大使館でも情報がなく焦っているようでした」

「報道関係者にはまだ知られておらんようじゃな」

「日本大使館もいつまで隠しておけるのか……困ったことになったと騒いでいました」

「ジョージには投降の呼びかけが届いていないのかな？　それとも人質にでもなって監禁されておるのか？」

「政府も拘束を恐れています。死なれても困りますし」

「神学生たちが人質交換などと言い出したら、国際問題になるぞ」

パシュトゥーン族の間では、何の関係もない第三者であっても時に拘束し、交換条件とする交渉術があることをアハマッドは懸念していたのだ。

「わしらが案じてもしようがないが、ジョージを知っているだけに気が揉めるのぅ」

許可時間が切れる、ジョージのことがわかれば電話をすると言い残して、カムランは慌ただしく飛び出していった。食べ物と一緒にカムランが届けてくれた新聞には、「軍の提供による」という見出しでラール・マスジッド全体の大きな俯瞰写真が一面を飾っていた。一昨日の朝、ヘリコプターから撮った写真だった。

ラール・マスジッドの外壁はいたるところで大きく破壊されてはいるが、まだまだ建物は健在のようだ。中庭にある大理石の池は破壊されずに、まだ水が溜まっていた。ヘリコプターからの攻撃を恐れたものか、中庭に出ている人影はなかった。

「イジャーズ、この俯瞰写真をどう見る？　政府があれだけ執拗に攻撃しているのじゃ、毎晩の銃撃戦で多数の死傷者が出ておるはずだ。どこかの部屋にまとめて遺体を入れておるのだろうか？」

「そういえば……父さん、昨日から蠅が異常に多くなったと思いませんか。それも大きな蠅が……。食い物もない家の中をワンワン羽音も高く飛び交っています。厚かましい蠅は払っても、払っても身体にまで止まります」

「……この暑さじゃ、遺体は二日で腐敗するじゃろう。腐敗した遺体に湧いた大量の蛆が蠅になってわが家にまで飛んできておるに違いない。蠅の行動範囲は四〇〇メートルというではないか」

アハマッドとイジャーズは想像をめぐらせ、言葉にするのを躊躇した。そして二人して鳥肌の立った腕を手のひらで擦った。

「昨夜から神学生側の撃ち返しが明らかに減っておる。戦闘的な神学生が減ったのじゃ」

「投降した神学生は呼びかけ初日が七〇〇人、さらに翌日には五〇〇人、呼びかけから三日目には二〇〇人と兄さんは言っていましたね。仮に公称の半分の三〇〇〇人がいたとして、神学生のうち一四〇〇人が投降しただけでは、数字上はまだ一六〇〇人もが残っていますよ」

未だに立て籠もっている神学生を仮に二〇〇〇人とすると、最低一日一人二〇〇グラムとしても一日四〇〇キロの食料が必要になる。備蓄はない、補給もない。あくまで投降を拒否するなら最後は自滅するしかないとアハマッドが断言した。

■パシュトゥーン兵士の反逆

パキスタン陸軍兵士の多くは勇猛果敢なパシュトゥーン族だ。兵士のアミンはどんな時でも一日五回の礼拝を欠かさない敬虔で模範的なイスラーム教徒だ。ラマダーン《一カ月の断食期間》には、日の出前から日没までの野戦訓練でも、四五度の酷暑であっても、飲み食いなしで耐える、唾さえも飲み込まない強靭な精神の持ち主だ。

アミンはラール・マスジッドの攻撃部隊に加えられた時から苦悩していた。ラール・マスジッドの中には、一族の中から口減らしのために送られた貧しい家庭の子どもたちが何人もいる。田舎では仕事もなく、町に出てきた一族の若者たちが寝食無料のモスクで寝泊まりし、ときどきは工事現場へ出かけ日銭を稼いでいる。

ラール・マスジッドへの攻撃は、一族の子どもたちや若者に引き金を引くことになる。アミンだけではなく、パシュトゥーンの出身者が同じ悩みを心に秘め、ラール・マスジッドを取り囲み、汗を全身に滲ませながら沈黙の布陣を続けている。

攻撃の指揮を取っているのはアユーブ大佐で、一連隊二〇〇〇人を率いている。アユーブ大佐の両親は、印パ分離の際にインドからパキスタンのパンジャーブ州へ逃れてきた。若くて意気盛んなアユーブ大佐は、大統領に倣って飲酒もすると聞く。敬虔なイスラーム教徒とは言い難いと、兵士の間では非難されている。

豊かな農村の広がるパンジャーブ州には裕福な階層も多い。パキスタンの共通語ウルドゥ語に近いパンジャーブ語を話すことから進級試験にも有利だ。パキスタン軍での出世も早く、将校の七〇パーセントはパンジャーブ州の出身者だ。

不幸なことにアユーブ大佐は部下をかわいがるタイプの指揮官ではなかった。アフガン国境に接するクエッタでのバロチスターン州独立運動に際しては、指導者や活動家たちを苛烈な攻撃で殲滅し、その手柄で若くして大佐になったばかりだ。目的の完遂には手段を選ばずと日頃から公言もしている。いまやパキスタン国内のみならず、世界中のマスコミを引き寄せているこの大事件、鎮圧に成功すれば、この先どこまで出世をするのかもわからないと、言われている。

神に帰依する純な神学生たちを思いやる心情を、アユーブ大佐は持ち合わせていないに違いない。神の御心に叶わない者の出世のために同胞の命を犠牲にしてよいものか？　アミンは静かに決断して、カラシニコフの銃口をアユーブ大佐の後頭部に狙い定めた。

アユーブ大佐に指示を出しているのは、その上にいる上官だろうが、ここでの敵はアユーブ大佐だ。パシュトゥーン族のアミンは照準を睨んだまま、静かに吸った息を止めた。距離はわずか七〇メートル。誇り高いパシュトゥーンは、軍人であるより、パシュトゥーンの掟に従うことを選んだ。

銃撃が収まっている間、使用人たちは主人への忠義と自らの関心から、官舎地区の各道路角で警備している警官隊たちの近くをうろつき、情報を集めていた。警官たちは、テレビの報道が伝えないさまざまな情報を本部からの無線で傍受していた。

「サーブ《旦那さま》。司令官が後ろから撃たれたそうでございます。無線で警官同士が話しているのが聞こえました。神学生側からの弾ではないそうでございます」

「司令官の後ろにいるのは……考えずともわかる。誰も信用が出来ぬとは。なんと恐ろしいことじゃ。トバー、トバー《神よ許したまえ》、二度とあってはならないことだ」

アハマッドは額に手のひらを当て、「トバー」と言い続けた。

■屋敷に投げ込まれた三人の子ども

神学生たちは立て籠もりを続け、事件は膠着状態に入っている。戒厳令は午後の二時間だけ解除され、外出が許可されるようになった。この間に最低でも一日分の買い物を済ませねば干上がってしまう。携帯電話を持たない使用人たちは、近所のＰＣＯ《私設電話屋》へ走り、一通話五ルピー（一〇円）を電話屋へ渡し、「心配しないで」とだけ、田舎の家族に伝えるために行列した。

「旦那さま、家にはもう飲み水がありません。退役将軍様のお宅には井戸があるそうです。私もひとっ走り行ってまいります」バケツや水タンクを提げた使用人たちが、退役将軍邸の井戸に水を求め、ここでも行列をしていた。

退役将軍のマリクは老妻と二人きりで、三人の使用人にかしずかれ、余生を送っていた。ラール・マスジッドから東へ二八〇メートルばかり離れた近隣では、唯一、井戸のある邸宅だった。外出禁止令が一時解除になった途端、「もらえる水」の情報が口コミで広がり、水タンクやバケツを提げた近隣の使用人たちが殺到した。首都イスラマバードでは、各家が勝手に井戸を掘ることを禁じている。

井戸がある邸宅は稀だった。

マリクは現役時代から温厚な将軍として人望があった。今回の井戸のことでも、地域住民へ水の提供が出来るのは神の恩寵と考えるような人物だった。地域住民のお役に立てることを、全能の神アッラーもご祝福くださることだろうと、老妻と共に喜び合った。

マリクの邸宅の斜め前には広場がある。この広場には朝から大型のテントが設置され、八〇脚ばかりの椅子と演台が運び込まれた。ここで世界から集まった報道陣への記者会見をするという。防弾チョッキやヘルメットで身を固めた、国内外の報道陣が何組も待機している。

演台の背景には、流れ落ちる黄色い滝のようにゴールデンシャワーの花が咲き誇り、金屏風のような場違いの華やかさ演出していた。世界中から注目されている「ラール・マスジッドの最終オペレーション」を大々的に取材させる気なのだろうと思い、マリクは不快感を禁じ得なかった。

大統領は、自分が過激派に妥協しない強い大統領であることを、世界中にアピールするつもりなのだ。

マリクは自分よりもずっと後輩で、いつも困ったような曖昧な表情で、はっきりと物も言えず、目立たなかった若い頃のバット大統領の姿を思い浮かべた。

「アヤツが大統領になったとは……。アメリカに後押しをされて六年か。自分には力がある、何をしてもアメリカが守ってくれる。国民からも支持されているとの勘違いも甚だしい。この大量虐殺を神はお許しになるまいて」

マリクの邸宅には、退避しないマリクとその老妻を案じて、軍の後輩たちからの見舞いが絶えない。差し入れや電話が次々に入り、その都度マリクは退役将軍らしく、「野戦を思えばこれしきのこと、なんの不便があるものか」と、気にもかけていなかった。

「いよいよかのぅ……この七日間は長かったのう。神学校の中に残っている女や子どもたちはどうしておることか。なんとか助かって欲しいものじゃが」

「本当に。純粋な若い子たちがかわいそうでなりません。お隣のお家でも、皆さん、かわいそうだ、かわいそうだと、それればかりをおっしゃっていましたヨ。どうぞ全能の神アッラー、幼い者たちをお守りくださいませ」と、老妻はシワの寄った薄い両手を胸前に、水でも受けるように揃える。そして目を閉じ、両手に額を付けて、神への祈りを捧げた。

「ラール・マスジッド内の幼い者たちもかわいそうじゃが、重装備で日向にいる兵隊も辛かろう。我らは日陰で座って居られるだけでも贅沢なものじゃ。気温は四〇度でも、照り返しで建物の屋上は五〇度にもなろう。防弾チョッキを着けておるから暑さもひとしおじゃろう。大したものじゃのぅ。姿勢を崩しておらん」

「さようでございます。じっと立っておられるだけなのも辛いことでしょうね」

深夜、マリク邸の二メートルもの高さがある塀外から、何かが投げ込まれたような重い物音が聞こえた。隣家で飼っている五頭の番犬が激しく吠え立てている。退役将軍は緊張し、直ちに使用人を呼んで、裏庭を見てくるようにと命じた。

使用人は声を潜め、「幼い子どもが三人、塀の下に転げ落ちていました。震えてはいましたが泣きもせず、三人ともしっかりしています」と意外な報告を持ってきた。ラール・マスジッドから逃げ出してきた子どもと思われたが、この時節、子どもでも自爆テロを平気でやらかす。油断は出来ないとマリクは緊張した。

マリクは小型ピストルをパジャマのポケットに入れ、手には杖を持って裏庭に向かった。白いレース編みのお椀形の礼拝帽を被った三人は、汗と垢で汚れ、煤けて疲れた顔をしてはいるが賢そうな子どもたちだ。年長の子どもが小学校三年生くらいの年齢か……と、マリクは自分の孫を思い浮かべていた。

「サーブ《旦那さま》、お許しください。道路の角にいる兵隊さんたちが、ここの旦那さまは優しいから、きっと匿ってくださると、塀の外から中に放りこんでくれました」

小さくとも、目上への挨拶と説明がキチンと出来る子どもたちに、ラール・マスジッド内での躾がしのばれた。塀の上に刺し並べてある泥棒除けのガラス片であちこちを切って血がにじみ、服にもカギ裂きが出来ている。三人とも汗と垢にまみれて臭く、顔には汗の跡が黒い筋になって何本もつき、強張った顔で歯を食いしばっているのが、かえって痛々しかった。

将軍の老妻は、三人の子どもだけでも助けられるのは、これも恩寵だと神に感謝した。「家の中にある残り物でいいから、子どもたちに食べさせなさい」と、老妻はテキパキと使用人に言いつけた。「警官や兵士の中にも、幼い子どもたちをなんとか助けようとする、心ある者が何人もいるということじゃのぅ。この騒ぎが収まるまでは静かに隠れているのじゃぞ、わかっておろうな?」

三人は兄弟で、一緒にラール・マスジッドへ預けられ、母親しかいないと言っていることから、よほどの事情ある家庭であろうことが想像出来た。

「お前たちも、いまは子どもたちのことをもらしてはなりませんよ」と、退役将軍の妻も使用人へ改めて念を押した。

翌朝、紅茶だけの慎ましい食事を終えたマリクは、出来るだけ早く三人の子どもの処遇を考えてやらねば、母親も心配しているだろうと思った。政府も幼い子たちは見逃すだろう、人間ならばそのくらいのお慈悲がなくてはならないと考えていた。

■パシュトゥーンの母

ラール・マスジッドから七〇〇メートル離れた地点から先は鉄条網に阻まれて、立ち入りが禁止されていた。鉄条網の外縁には神学生の家族が不安な顔で寄り集まっている。銃撃音や重爆音は交差し続け、安否を気遣う家族に絶望を強いた。時折り聞こえてくる警察無線の一言一言にも身悶えしていた。

雨に打たれたまま何日間も、空き地や公園で寝起きしている家族が何十組といる。土の上に敷物もなく、着替えもない。疲れ果てても立ち去り難く、わが子を待ち続けている肉親たち。力なく蹲ったままの放心した母親の姿が痛々しい。わずかな果物を抱え、瞬きもせず神学校の方向を睨んでいる母親もいる。自身も空腹であろうに、解放された子どもに食べさせようと、ひたすら待っている。

シャミームも、四日前から弟に付き添われてイスラマバードへやってきた。八歳を頭に三人の息子たちが神学校に閉じ込められているのだ。シャミームはアフガンの国境に近い貧しい村で、わずかな畑で小作をしながら暮らしている。雨の降らない荒れた土地から穫れるものは、わずかなトウモロコシとジャガイモだけだ。

夫は三年前、アメリカの無人機から放たれたミサイルで殺された。周辺の村々では結婚式も葬式も、人が集まっていれば武装勢力の集会と見なされて無人機からミサイルが撃ち込まれた。すでに九・一一同時多発テロで亡くなった人より、「誤爆」による犠牲者数の方が遥かに多くなっている、と部族長は怒っていた。アメリカからもパキスタン政府からも「補償や見舞金」の類を受け取った家は一軒もない。

夫が亡くなった後、自分の働きだけで五人もの子どもを食べさせてはいけない。長男は近所でも頭がよいと評判の子どもだ。学校へもやらずわずかな畑に縛り付けるのは不憫だと、村の導師の紹介で年子の弟二人と共にラール・マスジッドへ口減らしに出した。

パシュトゥーンの女が村の外へ出るなど、感心することではない。イスラマバードへ出ていくなど、そんな大それたことを考えもしなかったし、勇気もなかった。

だが隣家の嫁から「ラール・マスジッドでの『立て籠もり』をラジオで聞いた」と告げられ、貧しい親戚や知人たちの間を駆け回り、小銭を借り歩き、弟と二人分の旅費を必死の思いで工面した。二〇〇〇ルピー（四〇〇〇円）もの大金を返すあてはない。だが、息子たちを案じ自分でも信じられないような力が湧き出た。

シャミームと弟は、どこの検問所でも「北西辺境州から出てきて、ラール・マスジッドへ行く」と言っただけで、自爆テロの志願者ではないかと疑われた。検問所では女性警官から念入りな身体検査を受けた。官庁街に近い大使館通りだけで、一〇〇メートルおきに十何カ所もの検問をくぐり抜けてきた。

国境近くから出てきたと言うと、シャミームに同情をして「神のご加護がアンタの上にありますように。幸運を祈りますよ」と言ってくれた優しい警官もいた。いかめしく横柄な警官ばかりの中で出会った優しい言葉に、思わず道路へ両膝をつき顔を覆って泣いてしまった。背に当てられた弟の手が優しくて余計に涙が出た。

ようやくラール・マスジッドまで七〇〇メートルのところまでやってきたが、「四つ角の向こうにあるEU大使館から先へは、誰であっても入れることは出来ない」と、警察や兵士から言われた。

公園の芝生上で寝泊まりをしてすでに三日、ずっと息子たちを待っている。持ち金はとっくに尽きた。もともとイスラマバードまでのバス賃しか持ってもいなかった。町では「喜捨」してくれる親切な人たちに頼り、物乞いでもしながら田舎へ帰るつもりだった。

公園では噴水から落ちる水しか飲んでいない。そのせいなのか涙と汗だけは尽きない。明け方に通り過ぎる激しい雨に濡れ、身体に張り付いた服。涙で汚れた顔。首筋には長い髪の毛がまとわりついたままだ。物乞いたちよりも、みすぼらしく見えているに違いない。

誰の目にも哀れを誘うのか、近所の家々からは、チャパティとサラン《おかず》が「喜捨」される。イスラームの連帯、まさしく神の恩寵だが、空腹なのにチャパティが喉を通らない。

家から焼いて持ってきたティカーラ《焼きパン》には、湿気でカビが生えてきた。小麦の粗挽き粉にイーストと塩、水を加え捏ねて焼いただけの素朴なパン。これすらも子どもたちに、お腹いっぱい食べさせてやることが出来なかった。空腹で泣く子どもたちを黙らせようと「もう少しでご飯が出来るから、泣き止みなさい」と言って、空の鍋に水だけを入れてかき回し続け、欺いた日もあった。

子どもたちが空腹を抱えて寝てしまうのを待った日々。なんと罪深い母親だったことか。

「夫が無人機のミサイルに撃たれたのも、三人の息子をラール・マスジッドへ預けることになったのも、すべては神の御心とわかっている。でも、全能の神アッラー、お願いです、息子たちを私の手から取り上げないでください」と、シャミームは天を仰いだ。

■最終攻撃は近い

遠くで犬たちが激しく鳴いている。銃撃戦が再開した。アハマッドは双方の攻防に耳を澄ませた。最早、一方的に軍が攻撃をしている。神学生側は明らかに弾薬が尽きている。短く甲高い機関銃の連射音に、空気を響かせる迫撃砲の重爆音が被さる。荒々しいシンフォニーが深夜の空気を震わす。アハマッドの耳には爆撃音が徐々に遠く感じられ、気がつくと朝になっていた。

朝、使用人から「昨夜、隣家では爆風で窓ガラスが割れた」との報告があった。「わしは、それも知らずに寝入っていたのか。そのくらいの鈍感さがなければ、人類は滅亡しておったかもしれん」と、アハマッドは奇妙な感慨を覚えた。

朝の紅茶の後、息子カムランから電話があった。アハマッドが官僚の長男を問い詰める。

「最終オペレーションはあるのか？　政府は何を考えておるのじゃ？」

「政府が最終攻撃に踏み切れないのは、ジョージ君の安否が確認出来ないからです。ユースホステルに荷物を置いたままですから中に居るのは間違いないのです。軍は詳細を確認するべく、投降してきた者を尋問しております」

「殺されておらぬとよいがのぅ」

「小柄で坊主頭の東洋系の若者がけが人の治療に携わっていた、そう証言している投降者が何人かいるようです。小柄で坊主頭の東洋系と言えばジョージ君以外には考えられません」

「治療を?」

「神学生の中にはジャパニィのドクターサーブと呼んでいた者もいたそうです。投降してきた者たちは柵の中に収容されていて、軍が見張っているので報道陣は近づけません。ですが、ジョージ君の存在をいつまで報道陣に隠し通せるのか……」

「女や子どもの犠牲者が多ければ国際社会の批判を浴びるじゃろう。さらに日本人が犠牲になったとしたら、現政権への批判も半端ではなくなる。政権崩壊に繋がりかねんと大統領閣下は案じられているのであろうのぅ」

「それで大統領閣下も総攻撃を躊躇なさっておられるのです」

アジズ師を騙し討ちにした政府の心ないやり方には、「二度と交渉にはかかわりたくない」と憤慨し、静観していた宗教省次官補のモミンだが、やはり一人でも助けなくては神の御心には添えないと思い直した。

「何もかもアッラーはご存じだ。やるだけはやる。恥ずべきは尽力を惜しむことじゃ」

神学生たちが治安部隊に対して銃撃戦をはじめた二日目から、モミンたちはアジズ師やガジ師の説得に努め、話し合いは一週間近くも難航した。

ガジ師をパキスタン中部にある実家に軟禁し、身の安全は政府が保障する。ラール・マスジッド傘下の神学校の運営はパキスタン神学校連盟に移管する。ラール・マスジッドにあるすべての武器をパキスタン神学校連盟に引き渡した上で、政府に移管する。

国内の有力宗教指導者だけではなく、現役の閣僚や与党幹部も多数同席しての協議にガジ師も軟化して、降伏条件が合意された。これで籠城している多くの命が救われる。モミンたちは心底から安堵した。

しかし、大統領が二時間後に出した回答は、「全面拒否」だった。未だに籠城しているガジ師の安全を保障しないという条件を突きつけ、交渉は決裂した。

大半の閣僚や側近が、大統領閣下は狂ってしまわれたのだ……と受け止めたのも当然だった。大統領の背には、閣僚や宗教指導者たちが考えていた以上の、大きな刃がアメリカから突きつけられていたのだ。

「アメリカの勝手な言いぐさには反吐が出る。世界の安定だの、人権だの、なんだのと大義名分を振り回す。そのくせに、目的のためには手段を選ばずにやれと命令する。ただし見てくれだけは整えろ、我々は関知しないだと。手前勝手なアメリカの理論じゃ。だが、アメリカに味方しない国は敵だ、と言われてしまえば、足並みを揃えるより生き残りの道はない」

大統領自身、いつもアメリカのご都合主義に振り回される自分の立場に嫌悪を感じていた。テレビカメラの前で原稿に目を落としたまま、モソモソと迫力のない話し方をする大統領がクーデターを起こせたことが、未だに側近たちには不可解でならない。

だが、ひとたびアルコールが入れば、言動が激変する。

「狂信者どもは、この際、徹底的に痛めつけておかねばならん、二度と反政府・反米活動を考えないようにな。どれだけの犠牲者が出ようとも、今回は手を緩めてはならん」

「しかし、閣下、それでは本当に二〇〇〇人もが犠牲になります」

「世の中から二〇〇〇の狂信者が減る。結構なことではないか」

「二〇〇〇もの犠牲者を出せば、世界が何を言いますか。それに国内のイスラーム指導者たちも黙ってはおりません。閣下、いま、少し、お考え直しをいただけませぬか」

「わしは狂信者とアメリカに、九・一一同時多発テロ以降、どれだけ悩まされてきたか。特にこの数年は酷いものだ。皆もわかっておろう。もう充分だ。二〇〇〇人でも三〇〇〇人でも犠牲は仕方がない。考えてもみろ、我々はどれだけのチャンスを狂信者どもに与えたか。本来ならば騒ぎがはじまって三日目には終わっておったわ。神学生どもは日本人の少年に感謝をすべきだな、延々と投降のチャンスを与えてやったのだから」

「おっしゃる通り、神学生には投降のチャンスを充分に与えたと思います」

「チャンスを生かすも殺すも奴ら自身だ。生きたければ出てくればよい。だが、指導者ガジだけは死んだと聞いても許す気にはならんぞ。反政府タリバーン運動の後ろにはかならず奴ら兄弟がおった」

大統領は、目の前にある氷の入ったグラスを睨めつけた。

「大統領のおっしゃる通りです。しかし二〇〇〇の犠牲者は多過ぎると思います」

「棺桶の中に二、三人の遺体を詰め込めるだろう。表向きの棺桶数は減らせ。テレビカメラが見てるからな。後は徹底的にラール・マスジッドを破壊し、奴らすべてを埋めてしまえ。これは命令だ」

「ご命令の通りにはいたしますが……それでも……」

「これ以上の話は時間の無駄だ。とにかくアメリカの言うように見てくれだけは整えろ。犠牲者数は二ケタで済ませるんだ」

言い終わると震える手でウィスキーをグラスに目いっぱい注ぎ、一息に呷った。アルコールが大統領閣下の緊張を一分でも早く緩めてくれますようにと、側近たち全員が祈った。この二年、大統領の酒量は増え、飲んでいる時の大統領には、誰もが意見が言えなかった。

「念を押すまでもないが、兵士たちには箝口令を敷け。違反者は厳罰に処す」

大統領はグラスに目を据えたまま、言い切った。

■ガジ師の死亡

「戦わない奴、戦えない奴は外へ出ろ、投降しろ。ラール・マスジッド内の食い物は三日前になくなった。ここに残っている二〇〇〇人もがさらに立て籠もって、治安部隊を食い止め、あと何日間、戦えるというのだ？　現実を見よう！」

「投降者が多くて治安警察側も手を焼き、さほど酷い扱いをしていないようだ。特に小さな子ども、女は逃げろ！　逃げろ！」

「我々は常にアッラーと共にある。戦えない者は生きてアッラーを讃えろ。それも大切なことだ、それを忘れるな！」

バーバルたち年長者は、未だに籠城を続ける者たちの説得と鼓舞に忙しい。オサマ・ビン・ラディンを意識するバーバルは、いつでも重々しい態度を崩さない。

大きな爆発音が神学校の西側に集中している。建物の鈍く重い崩壊音が続く。

「ガジ師が建物の下敷きになられた」

ガジ師が建物の下敷きになられたという悲鳴は、津波のように瞬く間に広がった。ガジ師を助け出そうと走っていった者も、崩壊した建物の前に並んで立ちすくんでいる。

「ガジ師と一緒に死ぬ」と、壊れて落ちたブロックやレンガの中で蹲っただけの者、呆けて涙だけを流している者、混乱がひときわ大きくなった。

「ガジ師が殺されたのなら、一気呵成に撃ち返し、仇を取らねば！」

ようやく二〇代半ばくらいになった、立派な髭を頬から顎の下にまで蓄えたハフィーズたちが周囲へ号令する。互いに傷ついた身体を庇い合い、顔だけではなく衣服の上からも血糊を被った若者が、リーダーを見つめる。

「アシム、何が起こったのだ？　何か様子が違ってきたが……」

バーバルとハフィーズ・アクバル師も腰が抜けたかのようにへたり込み、両膝と額を床に付け、肩が震えている。

「あの騒いでいる神学生は何を言っているのだ？」

丈二がアシムの肩を揺すり執拗に聞く。

「ガジ師が亡くなられた……」

常に指示を仰いで従ってきた美声の持ち主レヘマン師も、ガジ師と共に亡くなられたに違いないと、アクバル師は考えた。アクバル師は今後、丈二をどう扱うべきなのかと途方に暮れた。判断は常に上の者がし、それに従うことが最大の美徳であり、日頃の行動だった。

（神の御心に従い、勇気を出さねばならない）アクバル師は決意し、丈二を窺った。

■女性導師　ウメハサーン

女子神学校の指導者、ウメハサーン師も女子神学生と共に籠城を続けていた。だが、「大統領は本気で神学生を殺そうとしているようだ」と、感じはじめてからは、迷いが出た。

どうしてここまでの騒ぎになってしまったのか、理解が出来なかった。夫のアジズ師も義弟のガジ師も、イスラームの敵アメリカや、イスラーム離れをした政府を痛烈に批判した。しかし、武力による抗議や抵抗などは考えてもいなかったはずだ。ひたすらアッラーを讃え、アッラーの教えに忠実であれと教えてきただけなのに……。何という事態になってしまったのか、ウメハサーン師は嘆いた。

「ラール・マスジッドの私たちは、イスラームのためにと、最前線で戦ってきた。それもこれもイスラーム法の導入によって、預言者ムハンマッド（彼に平安あれ）の時代の質素で清廉な世の中に戻したい、と考え、政府に要求を繰り返してきただけなのに。それのどこが悪いと言うのか！」

ウメハサーン師は六月の終わり、モンスーンに入る前の酷暑日のことを思い出した。四七度の新記録が出たと騒いでいた日ではなかったか。若い神学生たちが、「銃を分解し、部品にして持ち込んできたぞ」と、興奮気味に話していた。あれがこの事態を招いたのか……。いつの時代にも過激な若者、銃を持って勘違いするお調子者がいる。

神学校は無料宿泊所のように、誰でも受け入れる。外から武器を持ち込むことなど、その気になればたやすいことだったろう。いったい誰が治安警察に向けて発砲したのか？　夫に女装までさせて外へ連れ出した政府のことだ、その気になれば何でもするだろう。それにしても、大統領はなぜラール・マスジッドを潰したいのだろう、彼女の疑問は堂々巡りしてしまうのだ。

何度目かの投降呼びかけ直後の攻撃で、ガジ師の母親も負傷した。わが子が殺された神学校の中が、自分の死に場所であると定めたのか、食事を一切拒み、祈るだけの籠城を続けていた最中だった。ガジ師の母親だけではない、瀕死の傷を負い血膿にまみれ蛆が湧き、糞尿を垂れ流しながらうめいている多くの神学生は、いくつもの部屋に寝かされている。それを看取る者たちの衣服も血膿で汚れている。

神からの過酷な試練に、神の御名を唱えながら喜んで死に往く彼らの姿は、まさに殉教者だった。

夕刻、ガジ師の母親は息を引き取り、息子の元へと旅立った。義母の看取りを終えてウメハサーン師の決心がついた。口元を引き締めて言葉を絞り出し、残っていた女性の教諭たちに決然と命じた。

「これ以上、私と一緒にいる必要はない。神学校から出て生き延びなさい、生きて神の教えを広め、神を讃えなさい。生き残ることも過酷であろう。しかし、死んでしまえば神の言葉を伝えることは出来ない。女子寄宿舎内に残っている女生徒にも神学校から離れるように伝えなさい」

その言葉に、何人かの女子神学生が投降した。

しかし、汚濁の世界に戻るのはいやだと、きっぱり拒否する少女たちがいた。ウメハサーン師は、自分の下に集っている二五人の女子神学生に、改めて自らの決意を告げた。

「自分がここで命を落とすのは神の御心かもしれない。指導者と行動を共にするのは、神学校の教えの一つです。しかし、アッラーの正しい教えを広めずして、命を落とすことは許されないでしょう。私たちは人質でもなければ、人間の盾にされているのでもありません。自らの意志で籠城しているのです。あなた方は学校から離れなさい。私はそれを最後まで見届け、残った皆と一緒に自分を神にゆだねます」

神学生の親たちが田舎から何人か、投降の説得にやってきたが、全員が「神学校へ残り殉教する」と、親たちの願いを拒否した。実の親よりアッラーの教えに忠実であろうとする少女たちの姿に、ウメハサーン師は自らの若き日を重ね合わせた。

四日目には女子寄宿舎南側の食料庫が全焼し、食べ物がほとんどなくなった。いまでは男子学生が差し入れてくれた、わずかな蜂蜜が残っているだけだ。

「貧しく何日間も水だけを飲んで暮らしている人びとのことを思えば、空腹の辛さは少しもありません。神学校に来る前は、自分たちの毎日も、そんな生活でした。ご試練を与えてくださったアッラー、本当に偉大なアッラー、ご試練を有り難くお受けいたします」と、少女たちは口を揃えてウメハサーン師に言った。

■兄弟たちとの別れ

未明に一時間ばかりの雨が降った。夜が明けると強烈な太陽の熱で、耐えきれない蒸し暑さが襲ってきた。丈二は空腹の末に体力を失い、瞼を上げるのも指一本動かすのも辛くなっていた。

「ジョージ、これを食え。乾いたチャパティは固いが、カビが生えていないからまだ食える」と、年長者のバーバルが勧める。

普段なら、古くて乾いたチャパティは牛しか食わん。だが、食って食えないことはないと、ラヒームが苦笑いしながら茶化す。「アフガンの戦士は一〇日以上も経った、石のように固いチャパティを食っている。これなど柔らか過ぎるくらいだ」と、アフガンから来た神学生も混ぜ返した。貧しい家では古いチャパティを近所からもらい受け、チャイに浸し柔らかくして食べていると付け加えた。

見るからに固く乾いたチャパティは、丈二の喉に通りそうもなかった。

「ジョージ、俺たちはイスラーム教の戒律に従って毎年一カ月間の断食をする。貧しくて食えない者の辛く悲しい気持ちが理解出来るようにと、神が与えてくださった試練の一つだ」

「断食を体験したこともないジョージには、この状況は厳しいに違いない。わずかでも食い物がある時には、口に入れておけ。いざという時に力が出るようにな」ラヒームが力瘤を作ってみせた。

「乾いたチャパティも口の中に入れていれば、そのうちに柔らかくなる」

一緒にいるマンガルの従兄弟たちが、乾いた一枚きりのチャパティを、丈二に食え、食えと口を添える。

「ありがとう、みんな」

「俺たちへの礼は不要だ。神の恩寵によってジョージの下へ届くことになったチャパティだ。感謝はアッラーへ捧げろ。すべては神の恩寵なのだ」

チャパティを食べはじめた丈二をみんながうれしそうに見守った。丈二は粉々になりそうなチャパティの、わずかな欠片さえも床に落とさないように両手で捧げ持っていた。古くて乾いたチャパティも貴重品だ。そのカサカサに乾いたチャパティの口触りから、「南部せんべい」を思い出していた。

唾も出ない、噛むのにも意志の力が要る。一口目は喉でひっかかった。二口目からは口の中にチャパティを留め置き、しばらくして噛み続けると、微かに粗挽き小麦粉の甘さが残っていた。

食べ終わりを見計らったように、リーダーのバーバルが重々しく言いだした。

「ジョージ、俺たちは自分の意志で神学校に残り、武器はないがアッラーを敬わない大統領やアメリカに最後まで抵抗する。ガジ師は亡くなられたが、我々は大したけがもなく、きょうまで生きてこられた。これは神の恩寵でしかない」

周囲にいた者も、打ち合わせでもしてあったかのように頷き、次々にジョージに声をかけてきた。

「この状況では俺たちもいつ、神の御許へ召されるのかわからん」

「たぶん生きてジョージに会えることはないと思うから、きょう別れを言っておく」

「多くの仲間を看てくれてありがとう。神の恩寵で俺たちはドクターサーブを得た」

「ジョージ、無事にここから出てくれよ、そしてマンガルに伝えてくれ。俺は喜んで殉教者になったと」

「ジョージ・バイ、先に天国へ行き、むこうで待っているぞ！」

「俺も、蜜の流れる川の畔で再び会えることを祈っている」

晴れやかな顔で何人もの神学生から別れの言葉を告げられた。丈二は唖然として、身体には力が入らず、満足に受け答えも出来なかった。口も利けずに固まって座っているだけの丈二にかがみ込み、汚れた両手で丈二の手のひらを包み強い握手をする者、両膝をつき、抱きついて髭面を頬に擦りつけ口づけをする神学生が何人もいた。誰の顔も流れ落ちた汗の跡がまだらになっている。普段ならまともに見られない汚い顔だった。

丈二は目の前の皆に「神のご加護を」と、晴れやかに言ってガッツポーズを取ってみたかった。みんなに守られたことへの感謝も伝えたかったが、汗と涙が頬を伝い、口元がぴくぴくと震え続けるだけだ。

丈二の肩を、ラヒームが両手で力強く抱いた。

「ベソかくな。ジョージ、男らしく踏ん張れ。ここから出たら欧米諸国のイスラームに対する誤った認識、アメリカの横暴を日本だけではなく、世界へもかならず伝えてくれ」

ラヒームが丈二から離れるのを待っていたように、バーバルが真剣な目をしてにじり寄ってきた。そして少し気恥ずかしそうに、

「ジョージ、俺からも頼みがある。携帯電話を持っている奴がいる。電池もまだ残っている」と、隅にいる一人の神学生を指さした。バーバルが携帯電話に批判的なことを知っているみんなは、何を言い出すかと緊張した目を向けた。

「このカメラでジハード《聖戦》前の俺たちを撮ってくれ。写真はジョージが持っていてもよいし、機会があればマンガルへ渡してくれないか?」と、神学生から取り上げた携帯電話を差し出した。

バーバルの言葉を聞いていた、部屋の中の九人が互いに顔を見合わせ、小さな歓声を上げた。彼らは白黒格子模様のルミアール《被り物の布》を頭や顔に巻きつけ直し、帽子の者は髪を撫でつけ、灰色に汚れてしまった礼拝帽を被り直した。

バーバルは長い顎髭を手のひらで丁寧に整え、アシムも血糊が乾き、よれよれになった黒いターバンから目だけを出した。そして全員がシャルワール《ズボン》を裾短くまとって典型的な闘う神学生の姿になった。拳を握って突き上げた無精髭だらけの顔、汚れでまだらになった顔、丈二には霞んで見えた。

徒手空拳ながら、絶対に屈しない、闘う精神を失わない。アッラーの御許へ行くことに疑問を持

たない神学生に、丈二はこみ上げてくるかたまりを何度も何度も飲み下した。そして震える手で、シャッターを押し続けた。

■踏ん切りがつかない

皆との別れをした後も、早く逃げろと急き立てられながらも、丈二には逃げ出す踏ん切りがつかなかった。

「治安警察の中にもバカがいて撃つ」という、最初に聞いた言葉が丈二の恐怖を増幅し、それを思うと身体が金縛り状態になってしまう。

どこからどう逃げる？　正門から両手を挙げて出ていくのか？　門から姿を見せた瞬間に、そのバカが撃ってきたらどうするのだ。何かの間違いで流れ弾にあたったら……。

「ジョージ、何をしているのだ。もう猶予はならんぞ！」

アシムがはじめて泣きそうに顔をゆがめた。出ていって撃たれるか、建物の下敷きになるか、考えれば考えるほど選択肢がないと丈二は思った。神学生が言うように、「生き死には神の御心」なのかもしれない。

絶え間ない銃撃音の中で、投降するでもなく戦うでもなく、呆けたように膝を抱いて首を垂れているだけの者が増えている。丈二も起きているのか、寝ているのか、自分ではわからなくなっていた。うつらうつらしながら見る夢は、渡ろうとした小川の両岸が突然抉れ、たちまち轟々と波たてる大河に変貌する夢。ある時は、飛び石伝いに谷川を渡ったが、急に渦が巻き立ち往生してしまった夢。対岸でオフクロが手を振って呼んでいるというのに。

自分が脱水状態にあることは頭ではわかっていた。ここ何日間か、床に座っている時は、自分の腕を舐め湧き出る唾を飲み込んだ。腕はアンモニアの臭いがして舌を刺した。まばらな無精髭が腕に触って、我ながら奇異な感覚だった。

脱水症状が水への幻想をかき立てる。逃げたいのに怖くて逃げられないジレンマが重なる。誰かが外へ突き出してくれないか……。

丈二がうずくまっている大部屋の中で、数人の神学生が喚きはじめた。

「神のご意志を奉り最後まで闘い、殉教者になる。だが女や子どもは逃がそう」

「何を言うか、いまさら逃げろと言うのも酷だ。皆で殉教者になるべきだ」

「いや、待て。女、子どもが多く残っていれば、政府軍も我々への攻撃を緩めるに違いない。女や子どもを逃がすな。まだ一週間や一〇日くらいは食わなくても生きていける。逃がすなよ、そこに座っているエングレーズ《外国人》も」と、緑のターバンを巻いた過激派神学生が丈二を憎々しげに指さした。

アシムが丈二の正面に立ちはだかって、強く言い返した。

「バカなことを言うな！　元々こいつは最初に逃がすべきだった。それなのにいままでけが人の治療と看病に当たっていたンだぞ」

ラヒームも丈二の前に立ち、ターバンの男に食って掛かった。

「ジョージは俺の従兄マンガルのバイだ。だから俺ともいまではバイだぞ。それにジョージはカリマも唱えられる。イスラーム教の敵ではない」

「甘いことを言うな、エングレーズはエングレーズだ。スパイかもしれん。異教徒はイスラームの敵だ、血祭だ！」狂信的な男が声を張り上げる。

アシムは痩せて尖ってしまった顎と胸を、アラブ人らしい狂信的な神学生の前に精一杯突き出した。

「異教徒のエングレーズは、有効に使うべきだと私も思う」

丈二の傍らにいたアクバル師が、アシムを睨んで言った。さらに
「人間の盾として子どもたちや女たちと共にラール・マスジッド内にとどめ置くのがよい。エングレーズのバッチャ《小僧》は人質にせよ」と、邪悪な顔をむき出した。

アシムは豹変したアクバル師を睨みつけた。アシムとラヒームは神学生ではないだけに、アクバル師を感覚的に怪しんでいた。敵味方が入り乱れて暮らすパシュトゥーン社会の中で、研ぎ澄まされた感性を二人は備えていた。

その瞬間、鼓膜が破けたかと思うほどの轟音がいきなりとどろき、爆風で数人が床に投げ出された。轟音は続けざまに起こり鳴り止まず、建物が揺らいで部屋の壁に亀裂が走った。コンクリートの鋭い破片が耳元をかすって飛び散る。レンガやブロックも落ちてくる。轟音が壁をたたきまくる。

アシムがラヒームに目配せし、二、三語鋭く叫ぶと、アクバル師の横を素早くすり抜け、狂信的な神学生に体当たりを食わせて、丈二をラヒームの前に突き飛ばした。

すかさずラヒームは丈二を抱き取り、小脇に抱えて寄宿舎の奥へ疾走した。後ろで小競り合いが起こっている気配がした。大声で行先を指示するパシュトゥーンの神学生に誘導され、複雑に曲がりくねった寄宿舎の回廊を駆け抜けて東の裏口に向かった。もう三日以上、何も口にしていないのにすごいパワーだ。

建物が大きく揺れるたびにラヒームはよろけたが、レンガ片が顔や頭に落ちても怯むことなく、すぐにバランスを取り戻した。足取りは揺るがない。増築、増築で継ぎ足されてきた神学校の構造はまさにラビリンス《迷宮》だった。

地上階がいつの間にか地階に繋がり、突然階段が現れ、登り切ると別棟に続く廊下が現れる。建物の揺れは続いている。女子部の寄宿棟が現れた。女子部の寄宿棟には死を覚悟しているらしい健気な女子が何十人も残っていた。本棚を倒して防御壁を作り、身体を寄せ合い、正座をして両手を胸前に揃え祈っているのがチラリと見えた。座ることが出来ないほどに弱っている者は寝たままで、それでも礼拝の姿勢は保っている。

轟音の中でも揺るがない神に帰依する精神。彼女たちもほとんど飲み食いしていないだろうに、なんと強靭な心なのだろう……。丈二はふと、先日、薬をもらいに来た目元の涼やかな女の子を思い出し、彼女はうまく逃げたのだろうかと思った。

パシュトゥーンの神学生に導かれた出口は、寄宿舎の脇に建てられた厨房の横にあった。ラヒームは丈二を小脇に抱いたまま、厨房に飛び込んだ。レンガで作られた厨房も砲撃に曝されていた。厨房と外を隔てた壁にはポッカリ穴が空き、そこから明るい陽が差し込んでいた。

壁の下は急斜面になっていて、その下には川が流れていた。川の対岸の並木道には政府軍の土嚢が積み上げられ、兵士たちが神学校に銃口を狙い定めている。丈二が狙撃兵を見て怯んでいると、ラヒームが耳元でたどたどしい英語を叫んだ。

「ジョージ、ゴー！　ゴー、ジャンプ、ゴー」

「ラヒーム、お前も一緒に……」

ラヒームの腕を必死で掴んで、誘った。

「ノー、ノー、アシム、アシム。ジョージ、ゴー」

ラヒームは寄宿舎の方を指差し、拳を握って力瘤を作って見せた。

「アイ　アム　ムサリマーン《俺はイスラーム教徒だぞ》」と叫ぶと、汗と垢でまだらに汚れた髭面をジョージにすり付けニッコリ笑い、力任せにジョージを壁の穴に向けて突き飛ばした。丈二の身体は浮き、壁の穴から急斜面に転がり落ちた。

川沿いの斜面は、何年間にも渡って投げ捨てられていたゴミで覆われフワフワしていた。寄宿舎棟では大爆発音が轟き、爆風で飛ばされた何人かの神学生たちもゴミの上に転がり落ちた。対岸の並木道の土嚢からいっせいに射撃がはじまった。多くの銃弾は逸れてゴミの中に突き刺さった。だが、丈二の足に衝撃が一つ走った。赤い色が一瞬、飛び散ったように見えた後、水面に激突した。

急斜面を転がり降りた神学生も、そのまま川に落ちた。川幅はわずか一〇メートルだが、水深は膝上から腰までもある。神学生を捕獲しようと、泥水の中で待ち構えていたヘルメットと防弾ジャケット姿の兵士が叫んだ。

続いて橋の袂でも「中国人のような少年を確保した」と、いう声が上がった。

「救急車を〜、救急車を〜」と無線ががなり立てている。

■最終オペレーション

未明、四時少し前、いままでにない大きな爆発音でアハマッドは目覚めた。官舎が揺れ、窓枠が爆風で外れ飛んだ。

「父さん、テレビは見られますか？　画面に『最終オペレーション』の字幕が出ています。最終オペレーションです」と、長男のカムランから電話があった。

「なるようにしかならん、もう案ずるな。犠牲者が少なくて終わることだけを祈っているわい」

「日本人らしき少年が確保されたと役所仲間からの内部情報です。だから大統領閣下は突入の命令を出されたのです」

五分後には、またしてもカムランから電話が入った。

「父さん、軍がモスクの敷地内に突入しています。攻撃は最終ステージに入ったと言っています。絶対に屋上へは出ないように！」カムランはテレビを見ながら、実況中継だ。

「目で見なくとも、音だけで状況はわかるわい。地響き、硝煙や黒煙、油の燃え上がる臭い。おまけに催涙弾の臭いで咳と涙が止まらンわい」

ゴホ、ゴホと咳き込みながら、父を気遣う長男に威厳を示したかったのか、「もう構うな、何度言ったらわかるんじゃ！　お前はお前の義務を果たせ」と、アハマッドは息子に力んで見せた。

アハマッドは門番や小間使いが持ち場にいるのを再確認すると、息子の忠告を無視して、濡れタオルを口に当てソロリと屋上へ上がっていった。屋上に立つと、催涙ガスが漂う中で暁闇を迎え、黒々と重なる樹木と樹木の間にラール・マスジッドの二本のミナレット《尖塔》が姿を見せはじめていた。

政府軍や治安部隊も尖塔だけは避けて砲撃しているようだが、閃光と大爆発音は途切れることがない。震度二以上の揺れが続き、ドア枠や窓枠は小さな木切れを落とし続けている。あちこちで犬が恐怖で狂ったように鳴き続ける。

辺りがだんだん明るくなり、いつもと変わらぬモンスーンの白い空が広がりはじめた。暗闇の中で攻防戦を想像しているのとは異なり、明るさの中では恐怖感が徐々に薄れてくるのがアハマッドにもわかった。

「何にしても新しい日がはじまることは、有り難いことじゃ」とアハマッドは、つぶやいた。

■棺桶の死者

三日前から待機していた数十台の救急車が、サイレン音もなくマリク退役将軍邸の前を、数珠繋ぎでラール・マスジッドへ向かっていく。

国内外から押しかけた報道陣は特殊部隊にガードされながら、政府から出る「取材のゴーサイン」を待っていた。ジオテレビのカメラマンは殉職したが、初日からラール・マスジッドの真正面に陣取り、果敢に生中継を続けている。それを世界中が注目している。

テレビ画面は、政府軍による総攻撃で崩れたラール・マスジッドの高塀を映し出し、兵士が後方からの掩護を受け、中腰のまま続々と建物へ突入していくオペレーションを生中継した。

けがをした神学生が、兵士に捕獲され、待機する救急隊員に渡される。何人もの兵士と救急隊員に押さえ付けられ、担架に皮バンドで縛り付けられている。

「不浄役人、俺に触るなぁ、俺に触るなぁ、このまま殺せ〜」

身にまとったカミーズ《裾長のパキスタン服》の胸元は血で汚れ、大きく破けた衣服から毛深い胸がむき出しになっているのを、テレビカメラがアップで映し出す。

遺体は棺桶に収容され、兵士が流れ弾に怯えながら運び出している。棺桶は急場しのぎのもので、鉋もかけていない薄い板を箱型に組み立てたものだ。

「この棺桶は異常に重い。死臭もすごい。四人でも担げない棺桶ははじめてだ」

「まるで二人、三人も詰め込んでいるようだな」

「考えるな、考えるな、口には出すな」

「ここで見たこと聞いたことは、一切、口にするなとの命令だぞ」

厳重に釘打ちされた粗末な棺桶を、六人の屈強な兵士から手渡され、痩せた八人の救急隊員がよろめきながら担ぎ上げ、救急車の後部席に積み込んだ。

首都の住民は息を凝らしてテレビ画面で、長かった事件の終焉を見守っていた。

敬虔なイスラーム教徒である国民のほとんどは、イスラームの大義の前に斃れゆく神学生たちに、心からの来世の安息を祈り、現世での不幸に同情していた。

■病院へ運ばれた丈二

ベージュ色の靄の中、どこか遠くから低い女性の声が聞こえている。誰かが手を握っているようだ。温かいしっとりとした手が離れたと思ったら、今度は乾いてガサついた手が額に触れた。

「丈二、丈二、もう大丈夫だからね。しばらくは動けないがかならず治るって。頭も打っているから精密検査は必要だけれど、細かな裂傷と打撲、弾の貫通はふくらはぎに一つだけだよ。まったく、運がよかったよ！　神学校の中は汚くて、ろくな物も食べていなかっただろうよ。チフスと細菌性肝炎の予防注射、破傷風の予防注射までドクターが済ませてくださったよ」

二重三重にぼやけて見えていた周りが徐々に見え、目の焦点が合ってきた。全身がガッチリ押さえられ激痛が走る。声を出そうと思うが唇の上下が貼りついて開かない。

乾いてガサついた手の代わりに、温かく湿った大きな手が額に乗せられた。白衣の大きな影がゆっくりと話しかけてくる。

「Don,t worry, Mr. Suzuki《もう心配はいりませんよ》」

ぼやけていた目の焦点が合うと、白衣の医師と民宿のオバサン、大柄の日本人が見えた。

「オバサン、俺は助かったのですね」自分のものとは思えないかすれた声が出た。自分の声も医者の声も遠くから聞こえている。

「おお〜、私がわかりますか。よかった、よかった。丸一日、意識がなかったからネ、皆で心配したのよ。はぁ〜やれやれ」

オバサンは落ち着いた物腰で椅子からゆったりと立ち上がり、医者に向かって丁寧にお辞儀をした後、再び丈二に向き直って、

「まったく……。たくさんの人に心配をかけて」

オバサンと医者の後ろでは、目の周りにアイシャドウを濃く塗った、派手な化粧のナースたちが数人、好奇心をむき出しにして丈二を覗き込んでいる。

大柄の日本人は、一カ月前に空港で出会った、縦横デカイ背広の日本大使館員だった。たしか、「治安が悪いので気を付けろ。変なことに巻き込まれないようにしろ」と、お説教をたれた男だ。縦横デカイ男は丈二に苦い顔を向けて、睨んでいる。

「アンタが泊まっていたユースホステル。あそこはラール・マスジッドの直ぐ裏手にあったろう。治安部隊の命令で管理人を残して全員が退避になったンだよ。アンタは荷物を置いたままで、いつまでたってもホステルへは戻らない。アンタが若いパキスタン人とラール・マスジッドの裏門から中へ入っていくのを、ホステルの庭師が見ていたんだよ。それをホステルのマネージャーが日本大使館へ届けたのよ。

アタシもアンタと連絡が付かないから、日本大使館へ届けをしようか、どうしようかと考えている時に、日本大使館の方から問い合わせがあったンだわ」

矢継ぎ早に話すオバサンのテンポに口を挟むタイミングを失っている背広姿は、さらに苦い顔になり、ひたすら丈二を睨みつけた。

「アンタがウチから持っていった本、五冊。全部ウチのスタンプが押してあるだろう、だから『何か心当たりがありますか?』とネ」

オバサンは日本大使館に情報を提供し、協力をした立場なので、背広姿に臆する様子もない。

「アンタが中にいるらしいとわかってネ、日本大使館もあわてたよ。パキスタン政府も困惑したろうがね。だから、投降の呼びかけデッド・ラインが何度も何度も延ばされたのは知っていたかい?

まったく世話の焼ける子だ……。

それにアンタはアタシが思っていたよりもグズだねぇ」

(まったく俺はグズだ……自分自身でも厭になるくらい、逃げ出す踏ん切りがつかなかった。俺のグズは誰に似たものか)と、丈二は苦い思いが拭えなかった。

「意識が戻った」という連絡を誰かが医局にしたらしい。小さなワゴンに飲み物とバナナが乗せられ、男性看護師によって運ばれてきた。この病院では意識を取り戻した患者に、まずは炭酸飲料を飲ませるらしい。

「まア、いろいろな体験をすることは悪くはないよ。知的好奇心の強いこと、弱い者を慈しむ心を持ち続けるのは大切なことだ。投降のデッド・ラインが何度も延びたことで、たくさんの若者や幼い命が助かった。政府は困ったろうが、ある意味、アンタの行為はけがの功名なのかもしれないよ」

オバサンは独り言のようにつぶやきながら、炭酸飲料の瓶を取り上げると、ストローを刺して口元に近づけた。唇が乾き切り、引っ付いたままで口が開かない。オバサンは情け容赦なく、乾いた唇の隙間に強引にストローを突っ込んだ。唇の薄皮がビッと剥がれ血の滲むのがわかった。

「飲むンだよ、欲しいだけ持ってきてもらうから。点滴だけではなく口からも水分の補給をしなさい。脱水症状が酷かったンだから」

ストローで吸い上げると、口の中でぶくぶく泡立った炭酸飲料が膨らみながら、喉から胃へと落ちて行った。胃に到達した炭酸飲料は胃の中をかき回して爆発。今度は一気に身体の隅々へ、指の先にまで水分が勢いよく走っていくのが実感出来た。

丈二は炭酸飲料の爽やかな旨さにうっとりした。

水分と酸素が脳へ回り出したのか、(俺と最後まで一緒だったラヒームは？　アシムは？　そしてマンガルの従兄弟たちは？)と、矢継ぎ早に皆のことが思い浮かんだ。

「ラール・マスジッドの中からさっさと出てくりゃ、パキスタン政府や日本大使館を悩ますこともなかったがねぇ。元気になったら、まずは大使館へお詫びだ。そして落ち着いたら神学校の中であったことを話しておくれネ。

アンタのお母さんとも電話で話したのよ、腹が据わった人だねぇ。『大使館をはじめ、関係者の方々にはご心配ご尽力いただき、深く御礼とお詫びをいたします。でも、丈二は未成年ではありませんから、今後、この件に関しては責任を感じて生きていくことと思います。命さえ無事なら、親として言うことはありません』だって」

わが道を行くオバサンを相手にしては、何を言われるのかわからないと思ったものか、慇懃無礼が職業柄身に付いている背広姿は丈二を睨んだままだった。（まったく厚かましく、ずうずうしい親子だ！）と、この時ばかりはブスッとした表情を隠すこともなかった。

「鈴木丈二さん、まずは助かって何よりでした。後日改めて詳しい話をお聞かせください。ただ動けるようになったら出来るだけ早く日本へ帰ってください。あなたは神学校の騒ぎに巻き込まれ、逃げ遅れた被害者ということですから、パキスタン政府から『強制退去命令』は出ていません。ですが、当館は大変な迷惑を被りました。わかりますね？」

「ご迷惑をおかけしました。申しわけありません」

丈二は寝たままの姿勢で声を絞り出し、背広姿を見つめ返し、心から詫びた。

「ここでこういうことを言うのもなんですが……正直なところ、鈴木さんには、二度とパキスタンへは来てもらいたくありません。わかってもらえますよね」と、背広姿は鼻の穴を広げ、肩を怒らせ、さらに言い募った。

「治安が悪いのを承知で、こんなパキスタンやアフガンへふら〜っと来るバックパッカーという人種の気がしれませんよ、まったく」

「こんなパキスタンとは何たる言い草。あたしゃ趣味でパキスタンに三〇年も住んでいますわ。人はそれぞれですよ」

縦横がデカイ背広男の慇懃無礼、無神経な言葉をオバサンは軽くいなした。丈二に普通の人が嫌いだとうそぶいて、へそ曲がりぶりを見せたオバサンの面目躍如の切り返しだった。丈二は心の中で拍手とガッツポーズを送った。

「二度とパキスタンへは来るな」と大使館員から申し渡されたが、旅をはじめる前から丈二はこの旅行を最後にするつもりだった。旅の途中からは、オフクロの仕事を手伝い、専門学校には再入学をして地道に勉強もしようと決めていた。

だが、大使館員の言葉にはオバサン以上に反発を覚えた。「かならず、いつかパキスタンへ戻ってきてやる！　パシュトゥーンの男たちと再会するんだ」

ダメと言われたら、ダメな方向へ走る丈二の性格がムックリと持ちあがった。

丈二の通っていた高校は旧藩校をルーツにし、「赤鬼魂」を建学の精神にしている。赤鬼魂には「どんな時でも、前向きでいるチャレンジ精神」という意味がある。

丈二の内心を察したかのように、オバサンは、「経験は財産だからね。積み重ねて大切にしなさいよ。命を落としさえしなければ何をしてもよいのよ」と、真剣な目で言った。

■エピローグ

政府の正式な発表では、死者は七六人だった。しかし、丈二がラール・マスジッド内で目撃したのは、最初の四日間だけでも、三つの部屋に入り切らなかったほどの遺体だった。

遺体は丸一日経つと腐敗臭が出はじめ、日増しに死臭を噴き上げる。遺体にビッシリと湧く蛆の中に、指先ほどのコンクリート片でも飛び込めば、蛆たちはびっくりしたようにいっせいに蠢き渦巻が現れた。蛆から孵って飛び回る大きな蠅が蝟集して、壁を真っ黒にした。

道路に近い部屋から砲撃で徐々に破壊されていき、逃げられない負傷者の上に大きなブロック片や瓦礫が容赦なく降り注いだ。悲鳴を背にしながら自分だけが安全な場所へ逃げた後ろめたさ。部屋で寝かされていた負傷者、逃げずにモスク内へ留まった者のほとんどが死亡したはずだ。

神に殉じた神学生たちはいったい何人に上るのか？

彼らの名誉は誰が守るのか？

彼らの多くは口減らしのために神学校へ送られ、イスラーム神学を学んでいた者で、テロリストではなかった。アメリカとパキスタン政府の強硬策に反発し、最後まで屈しなかった勇者だ。

パシュトゥーンの男たちは繰り返し言っていた。

「俺たちは貧しい。貧しくて何もないから人間同士の絆を大切にする。それが最大の財産なのだ」と。

初等教育も終えられずに読み書きも出来ないラヒームたち、そしてパキスタンの最高学府で学んだアハマッドの家族たち。

田舎で働き場所もなく、都会に出てきても神学校で寝泊まりをするしかない貧しい若者たちと、大きな公務員官舎で悠々と暮らす恵まれた者たち。

立場は大きく異なっているが、「パキスタンの初等教育は、徹底したイスラーム教育と愛国教育が基本になっているから、パキスタンを愛さない者は皆無だ」とカムランは断言する。

パキスタン人すべてが持つ深くイスラームに帰依する心、列強の横暴を憎む心。カムランの言葉がパシュトゥーン族だけの美質ではなく、多くのパキスタン人にも当てはまると丈二は知った。そして、それらを伝えなければならないとまで思いこんでいる。

元情報省次官補のアハマッドは、ソファの背もたれに身体を預けて考えに耽っていた。

「報道にはベールがかけられ、真実が伝えられない。よい例が九・一一同時多発テロじゃ。あの事件は、アメリカによる自作自演だと未だに言われておる。あのテロをきっかけに、『危険を察知したら先制攻撃が許される』とする戦略が、アメリカ議会で承認された。そんな理不尽な考えが承認されること自体がおかしいと、世界は思わぬのかと。

今回のラール・マスジッドに対する攻撃も、その理屈の応用じゃ。ラール・マスジッドに巣食う過激な原理主義者たちは、パキスタン政府やアメリカを攻撃する可能性があり、危険だと。だから『先制攻撃で潰してしまえ！』とは、何たる暴虐じゃ。

欧米にも学ぶべきところは山のようにある。だが、欧米列強国が掲げる民主主義、価値観や正義、政策をイスラーム世界に押し付ける権利はないはずじゃ。イスラームにはイスラームの規範、そして正義があるのじゃ。

原油、ガス、天然資源など埋蔵量の多い途上国へは、『地域安定のために』とさまざまな理由を付けて、列強国が介入していく。イラクでもそうだった。大量破壊兵器があるとアメリカは言い張ったが、どこに大量破壊兵器があったのか？　リビアのカダフィ大佐もアメリカの言うことを聞かなくなったから、最後には殺された。次はイランやシリアに対し、『地域安定』を言い立てて派兵をするじゃろう。

資源を持つ途上国では次々に紛争や事件が噴出する。それらの多くは列強国によって起こされておる。アフガンやパキスタン、イラクやリビア、シリアなどへ押し付けようとしている民主主義とは、女性解放とは、自由とは、おためごかしのまやかしじゃ。

考えてもみよ！　武力介入をしたことでうまくいった国が一つでもあるのか？　アメリカと敵対するのも恐ろしい。従属すると、あれこれ勝手な要求ばかりを繰り返す。アメリカはイギリス以外の同盟国をアッサリ裏切ってきた歴史がある。信用して従属していれば痛い目に遭う危険な国じゃ。

世界のイスラーム教徒総人口は一六億じゃ。二〇三〇年には世界人口の三〇パーセントがイスラーム教徒になるじゃろう。イスラーム教徒を、イスラームを理解せずして世界の平和を保つのは難しかろう。

多くのイスラーム指導者は案じておる。文明の衝突となる、第三次世界大戦の勃発を。平和は自然体としてあるものではない。皆が相互に理解をし合い、努力しないと構築出来るものではない」

次々に浮かぶ思いをアハマッドは奥歯で噛みしめていた。静かな怒りにもかかわらず血管が膨れ上がり、血圧の上昇で頭痛が生じていた。

★★★★

敬虔な老イスラーム教徒であるアハマッドだけではなく、多くのパキスタン人、世界中のイスラーム教徒に共通する思いでありながら、それを神学生たちのように「抵抗」という直接行動に表わせないのが無念だった。

政府当局は「最終突入」から丸三日も過ぎてから、ラール・マスジッドと破壊し尽くした神学校内部を、国内外の報道陣に公開した。

テレビ局は、軍がラール・マスジッド側から押収したとするロケットランチャー、軽機関銃と山積みにした砲弾入りの箱、カラシニコフやトカレフ、マカロフなど大量の銃器類と弾薬、手投げ弾、対戦車地雷などを背丈ほどに積み上げた映像を、絶え間なく流し続けた。

アハマッドは流し続けられる映像と、コメンテーターたちの解説に不快感を抑えられなかった。「こんなにも武器弾薬を持っていたテロリストの鎮圧・掃討はやむを得なかった」と、政府は演出したかったのであろう。

だが、あれだけ多くの武器弾薬が神学生の側に残っておったら、最後の二日間での反撃はもっと、もっと激しかったはずじゃ。政府軍に追い詰められ、ほんの時たまパーンと心細く撃ち返す神学生側の反撃をアハマッドは思い返し、その心細げな一発のピストル音の哀れさに改めて心が痛んだ。

モスクまで二〇〇メートルの近場に居たからこそわかる。

神学生たちの手元に武器弾薬は残っていなかった。

報道の自由度、世界ワースト一〇を長年維持しているパキスタンじゃ、命を懸けてまで真実を指摘しようとする報道関係者は僅少じゃや。

あとがきにかえて

いまから一五年ほど前に『民宿シルクロード』という本を書いた。慣れないパソコンの操作に苦戦をしながら、パキスタンやアフガンでの笑える生活を綴った。書いている自分自身でアホらしさ、バカらしさに何度、笑ったことか……という本だったが、その時に書くおもしろさの一端に触れた。そしていつかはハードボイルド風な小説でも書いてみたいとの野望を持った。

小説の舞台は自分自身が四〇年も暮らしたパキスタン。この赤いモスク事件をきっかけに、パキスタンの治安は一気に悪化した。それまで年間三〇〇人余りのテロ犠牲者（民間人、兵士、武装勢力を含む）が、翌年から四〇倍以上の犠牲者数に跳ね上がった。神学生たちを抵抗運動に走らせた原因は何だったのか？

それらを含めて、日本からかけ離れたイスラームの社会。その中で暮らす人びとや、タリバーンがテロリストではないとのご認識が、この本を通して少しでもご理解いただけたのなら幸甚です。

最後に出版に際し、多くの方々のご協力を得ましたことに厚く御礼を申し上げます。

イスラーム関連用語

神学校　マドラッサ。アラビア語で「学ぶ場所、学校」を意味する。一一世紀に制度的に確立し、イスラーム世界の高等教育機関として広く普及した。モスクと併設される場合も多く、一般に寄進財産で運営される。

マスジッド　アラビア語で礼拝所を指す。英語ではモスクという。

ラール《赤い色》・マスジッド　赤いモスク。首都建設の際、イスラマバードで最初に建設された権威あるモスク。ここでコーランの暗誦試験に合格すれば、どこの田舎へ行っても立派なハフィーズ、ハフィザとして、子どもたちに教えることが出来る。

ハフィーズ（男性）／ハフィザ（女性）　コーランを暗誦出来る者の尊称。七万八〇〇〇語におよぶコーランの全章句を暗記・朗誦する試験に合格すると、公式に認証され、人びとから尊敬される存在となる。

タリバーン　神学生たち。神学生の複数形、あるいはイスラーム神学を学ぶ者たちを指す。テロ組織の総称ではない。

アザーン　モスクからの礼拝への呼びかけ。「アッラーフ・アクバル　神は偉大なり、アッラーの他に神はなし、ムハンマッドこそは神の預言者なり、さらば来て祈れ、安らぎに来たれ、神は偉大なり、アッラーの他に神はなし」と肉声で呼びかける。日の出、日没時に合わせるため季節によって時間は変化する。未明の呼びかけからはじまり、就寝までの間に、一日五回のアザーンが街中に朗々と響きわたる。

カリマ　イスラームの教えを一言で表した聖句。「ラー　イラッハ　イッラーフ　ムハンマッド　ラスルラー（アッラーの他に神はなく、ムハンマッドは神の使徒である）」という意味。

アッサラーム・ア・レイコム　「神のご加護があなたの上にありますように！」という意味の挨拶。イスラーム世界に共通する人間観が挨拶で表現されている。

ワァレイコム・アッサラーム　「あなたにも神のみ恵みがありますように！」という、挨拶へ返す常套句。

ムサリマーン　ムスリム、イスラーム教徒。

アーリム　神学者。

ジハード　聖戦。

ムジャヒディーン　イスラーム聖戦士。

シャヒード　殉教者。

パシュトゥーン族　約四〇〇〇万人がアフガンとパキスタンに分断されて暮らしている。部族は大きく九つに分かれているが、さらに細かく氏族として枝分かれし、敵対している一族同士も多い。クルド族より大きい部族社会を形成している。

プラタ　小麦の粗挽き粉を水で練って平たく伸ばし、たっぷりの油で焼いた朝食用の食べ物。

ラピス・ラズリィ　瑠璃石。青藍色の石でアフガンが原産地。エジプトの王族の装飾品として多用された。石の粉末は日本画の岩絵具として使われている。

カミーズ　裾が膝まであるパキスタン服の上着。

シャルワール　腰回りが一メートル半もある幅広のズボン。

■督永忠子（とくなが・ただこ）

滋賀県生まれ。イスラマバード在住。

日パ旅行社代表。日パ・ウェルフェアー・アソシエーション（NWA）現地責任者。パキスタン大地震、大洪水被災者への支援活動をはじめ、パキスタンの北方地域で母子の健康をサポートするセンターを運営。初等母子保健指導や栄養指導・料理教室をはじめ、女性への縫製・識字教室、児童・生徒への算数教室を開いている。アフガン難民を支える会（SORA）統括責任者。

主な著書に『パーキスターン発　オバハンからの緊急レポート』（創出版、2002年、日本ジャーナリスト会議［JCJ］賞受賞）、『民宿「シルクロード」今日も開店休業大忙し―オバハン、イスラームの大地に生きる』（合同出版、2003年）、『パーキスターン大地震―バケツ1杯の水からの支援』（合同出版、2006年）など。

装幀　六月舎＋守谷義明
編集アシスト　寺中佑多
組版　Shima.

赤いモスク

2017年11月25日　第1刷発行

著　　者　督永忠子
発 行 者　上野良治
発 行 所　合同出版株式会社
東京都千代田区神田神保町1-44
郵便番号　101-0051
電　　話　03（3294）3506
ＦＡＸ　03（3294）3509
振　　替　00180-9-65422
ホームページ　http://www.godo-shuppan.co.jp/
印刷・製本　新灯印刷株式会社

■刊行図書リストを無料送呈いたします。
■落丁・乱丁の際はお取り換えいたします。

ISBN 978-4-7726-1337-8　NDC360　188 × 130